主编 凌翔

当代著

从前慢，
往事暖

隋维霞 著

民主与建设出版社
·北京·

© 民主与建设出版社，2020

图书在版编目 (CIP) 数据

从前慢，往事暖 / 隋维霞著 . —北京：民主与建设出版社，2020.2

ISBN 978-7-5139-2940-0

Ⅰ.①从… Ⅱ.①隋… Ⅲ.①散文集—中国—当代 Ⅳ.① I267

中国版本图书馆 CIP 数据核字（2020）第 033532 号

从前慢，往事暖
CONGQIANMAN, WANGSHINUAN

著　　者	隋维霞
责任编辑	周佩芳
封面设计	陈　姝
出版发行	民主与建设出版社有限责任公司
电　　话	（010）59417747　59419778
社　　址	北京市海淀区西三环中路 10 号望海楼 E 座 7 层
邮　　编	100142
印　　刷	唐山楠萍印务有限公司
版　　次	2020 年 7 月第 1 版
印　　次	2020 年 7 月第 1 次印刷
开　　本	710 毫米 ×1000 毫米　1/16
印　　张	16.75
字　　数	220 千字
书　　号	ISBN 978-7-5139-2940-0
定　　价	49.80 元

注：如有印、装质量问题，请与出版社联系。

序言　用文字筑起心灵沟通的桥梁

　　如今的学生精灵聪明，要想当一位深受学生欢迎的语文教师不仅要有出色的教学艺术，更要有能让学生心服口服的一面。几十年来，我一直保持着大量阅读、做读书笔记的好习惯，同时对戏曲兴趣浓厚。这些爱好，在不知不觉中丰富了我的文化内涵，使我能在日常的教学中充分运用语言优势对学生展开潜移默化的感染。

　　开始拿起笔写文章完全缘于教学生写作文。不会搜集素材，写作文犯愁几乎是所有学生的通病。针对这种情况，每接新一届学生，我首先关注的是培养学生养成爱读书、随手记感悟的习惯。我们学校多数孩子来自农村，阅读习惯几乎没养成。所以无论教学任务多紧张，我一直坚持每周给学生留出固定的阅读时间。上阅读课前，我先选出优秀的图书在阅览室摆好，学生带着读书笔记开始阅读，并随时记录下优美的句子和那稍纵即逝的点滴灵感。当然，阅读课只是个引子，一节课读不完一本书，不用我布置阅读作业，学生就主动把书借回家阅读了。这样日积月累，学生既养成了阅读习惯，开阔了阅读视野，语言水平也提高了。

学生读书时，我也不闲着，和学生一起阅读并随手记录：一句感慨、一个灵感火花、几句批注。作文课上，我们写同一篇文章，交流怎样用上积累的美句，让文笔优美起来，再互相点评彼此精彩的地方，我的参与让学生对作文课充满了新奇。

　　积累的素材多了，学生有事可写，写作文就不再是一件头疼的事，并且时常比赛谁的文笔更优美。调皮的张云凯在看到自己的作文获奖后，学习语文的积极性更高了，闲着没事就在读书随笔上写，美其名曰"抓灵感"。耿泽忠的作文发表后，我请他在班里范读，在同学们的赞扬羡慕中他找到了自信，从此不再痴迷网络游戏而爱上看书。

　　功夫不负有心人，学生们不但语文成绩有了显著的提高，而且在各级的征文比赛中更是捷报频传，仅2016年就先后有六十多人次获奖。我自己也在各种征文比赛中多次获奖，其中报告文学《墙壁上的时代风云》先后被中国致公党中央选用、山东省委统战部刊物刊登。在《语文报》《山东青年》《天津日报》《东营文艺》《东营日报》《黄河口晚刊》等多家刊物发表随笔近百篇，《消逝的池水》等被收入教育部中小学教材阅读课本，教学随笔集《光阴的痕迹》在"全国校园文学大奖赛"中荣获银奖并由光明出版社出版。

　　借助与孩子们共同写作的契机，我也开始静下来记录自己的心路历程，把生活中的点滴美好翻出来在阳光下晒晒：对童真的迷恋、对亲情的歌颂、对教育的热爱、对生命的敬畏，让学生们能了解我们这一代的童年，体会用文字传递爱和美好的乐趣。

　　素质教育，首先是充满人情、人道、人性的教育。李镇西在《做最好的老师》中说过：一个真诚的教育者同时必定又是一位真诚的人道主义者。余秋雨说：文化的最终目标，是在人世间普及爱和善良。爱和善良超越一切，又能把一切激活，当学生思想认识出现问题时，我从不把问题推给班主任。我通常会运用抒情化的文字把我想要表达的教育思想传递，让学生在潜移默化中很自然地接受，比起苦口婆心长篇大论地泛泛说教，显然学生更接受我的文字表达方式。如：

上课走神事件

学生杨玉婷课上容易走神，我敏锐地抓住这个小细节，信手写成一篇《窗内的春天》表达自己的想法：

孩子啊，我也是从少年走过来的，几十年前，我也曾和你一样，常常会在老师讲课的时候偷望着窗外的天空，编织着自己的少年之梦。今天，从你羞涩纯真的脸上，我再次重温了那些曾经被关在窗里的春天。只是，如果时光能倒转，我愿拿一切来换回逝去的流年。

我没有公开批评她的走神，却安排她照我的范文也写一篇同题材文章，后来她写的《窗台上的怒放》在全国作文大赛中获奖，我教会了她该如何捕捉日常写作素材。

情书事件

关于早恋问题是老师和家长最头疼的事，爱情又是文学永恒歌颂的主题。对于深陷早恋之中的男生，我在《男孩的苦恼》中说：

要耐心地长大，不要过早沉湎于甜言蜜语，太早的誓言是浅薄的，经不起任何风吹日晒。君不见，只有经受过雪压霜欺的成熟的果实，才是绝美的甘甜。

后来在他的随笔里写道"情书被缴获后，没有预想中叫家长、写检查的暴风骤雨，我却已明白了青苹果的苦涩。隋老师是个最富有人情味的老师！"

小组不合作时，我在《青春小鸟》中这样说：

一朵孤芳自赏的花撑不起美丽的春天，一树一树怒放的锦绣才是春天最美的灿烂！

　　在我笑吟吟诵读完我的随笔后，语文课上再也没出现小组长拒绝后进生的现象。

　　语文教师实在是个幸福的职业，如今我享受作文教学带来的喜悦，享受着陪孩子们成长的点点滴滴。学生们也享受着文字的巨大魅力，不再惧怕作文。我坚信：一颗能发现真善美的心灵是高贵的，一个能用优美的语言表达对生活热爱的善良孩子是值得教育者去细心呵护的。童心能够唤醒爱心，爱心也能够滋润童心。以爱为前提，梦想的翅膀会飞得更高更远！

　　以上思绪聊作序言。

隋维霞

2018 年 6 月 15 日

目 录

第一辑　豆蔻年华青葱事

陪你走在爱的季节　002
"英雄"姿态　007
荡气回肠的上学路上　010
关于绰号　013
魂牵梦绕清明时　016
早起的鸟儿　019
第一次真好　021
结婚愿望　024
那方池水　026
放羊经历　029
拾荒岁月　031
"仇富"行动　034
圈地运动　037

行走"江湖"　040
打架风波　043
梦里烟花依旧　046
土裤生涯　050
没鼻子老六　052
家有老父　054

游击战　**057**

谋杀枣红马　**060**

艰难历练　**065**

最美四月天　**068**

三哥琐忆　**072**

怀念母亲　**075**

执子之手　与子偕老　**078**

第二辑　凡人素事

做朵女人花　优雅独芳华　**082**

当爱已成往事　**085**

论黄蓉的华丽转身　**087**

记忆中的沉淀　**089**

岁月的暗香　**092**

婚姻策略　**094**

透明的哀伤　**096**

浮生若梦　**099**

牵牛花　**102**

疯狂的文竹　**104**

今夜无眠　**106**

窗外　**108**

念一个人　恋一座城　**110**

愿得一心人　白首不相离　**114**

男孩的爱情　**117**

素心女子　**119**

生活的陀螺　**121**

只要生命还在　124
又到新芽吐翠时　126
摆水果摊的女人　128
欢若见怜时　棺木为侬开　130
女人的心思很好猜　133
爱错一步即天涯　135
主妇的周末　137
凡人的爱情　140
家政魔手　142

第三辑　家有儿女

暑期恩仇录　146
芳香盈屋　149
爱的轮回　151
爱的宣言　154
一路欢笑　157
惆怅时光如梦　159
做回阿Q也不错　161
家有巧女初长成　163
为女儿留一盏灯　165
生命中的贵人　166
帮妈妈做事　168
这方战场没有硝烟　170
我和女儿玩"智斗"　173
愿你把春天披在肩上　176

03

第四辑　桃园芬芳

情到深处　暖得落泪　180
窗内的春天　183
男孩的苦恼　185
青春小鸟　186
光阴的痕迹　187
易感的心　189
发传单的男孩　191
阳光的味道　192
多出的一天　194
家长会　196
这帮"坏小子"　198
没有冰不被阳光融化　201
你们展翅高飞 我原路返回　204
梦魇记　207
真诚之歌　209

第五辑　熊孩子系列

每个孩子都是坠落人间的小天使　212
熊孩子系列之一：一年级新生拾趣　214
熊孩子系列之二：童言无忌　218
熊孩子系列之三：璐璐语录　225

第六辑　附录

世间最美的收藏　238

旧时嫁衣　241

释放爱的空间　244

我们背后有个强大的中国　246

赤子情怀依旧　奋斗初心不改　249

后记　与生活握手言和　254

第一辑　豆蔻年华青葱事

"还记得年少时的梦吗？像朵永远不凋零的花，陪我经过那风吹雨打，看世事无常，看沧桑变化，那些为爱所付出的代价，是永远都难忘的啊……"每次听这首歌都觉得深深触动了我内心的琴弦。

于是，我开始翻检记忆中的点点滴滴，把小时候那些事在阳光下晒晒，抖抖内心的尘土，怕记忆太久了会散发霉味。周围的世界再喧嚣，也不能掠去我们骨子里那些真东西——对生命的尊重，对童真的迷恋，对亲情的歌颂。回忆是为了纪念，纪念我们那物质匮乏、精神却无比美好的童年，让我们的孩子能了解父辈的过去，把爱和美好传承下去。在此，我记录下一个野丫头眼中的童年，来纪念我们这一代无法复制的青葱岁月。

——前记

陪你走在爱的季节

  难忘童年的夏夜，璀璨的星光下，沸腾了一天的院子终于安静下来。扫得干干净净的天井里，铺着母亲亲手打的草席。疯够了的孩子们静静躺在草席上，开始缠着母亲讲故事，打算诚心诚意做个安静的倾听者。在母亲讲故事的时候，我们最爱问的就是：他是好人吗？然后对好人受苦就心绪难平，好在故事大多都是大团圆结局，因而我儿时的记忆中，存留更多的是美好又温馨的画面。

  母亲没文化，但讲故事题材很广泛，跳跃性强，随意性强，目的性更强，恫吓成分较多。孩子多，又调皮不听话，母亲常以讲故事的形式对我们展开不点名批评。她讲故事通常采用"从前有个男孩或女孩……"的形式。例如：有时我们在院子里睡熟了，夜半露冷，母亲怕我们着凉，但一个人又抱不过来，于是随口编故事：从前有个女孩子，晚上睡在天井里。半夜的时候天上路过一个蜘蛛精，结果女孩生了一窝小蜘蛛。这故事有效，母亲话音未落，我们一咕噜爬起来跑回屋里去了。

  小孩子大都厌恶蛇，尤其男孩子见到蛇一定追打。母亲常说蛇有灵性，教育我们不许打死。讲从前一个小男孩在路上看见一条小蛇就用镰刀砍死了。回到家给母亲一说，他母亲大惊失色，说晚上蛇定会来报仇，慌忙把他扣在大水缸中保护起来。到了晚上，母蛇果然来了，它围着大水缸绕了一圈后爬走了。等蛇走后，男孩母亲连忙掀开水缸，却发现下面只有一摊血水。这个故事使我们对蛇肃然起了敬畏之心，路上遇到再也不追缠打死了。

同样的还有黄鼠狼也有灵性，惹怒了会化成白胡子老头来报仇。所以我们从此对遇到的白胡子老头尤其尊重，怕万一是黄鼠狼变的，来清算我们干过的荒唐事。喜鹊也有灵性不能伤害，因为它们心地善良，会用小小的身子搭起鹊桥，让牛郎织女相会；燕子也有灵性不能伤害，代表一个家族的风水，燕子窝不能捅，把它们赶跑家就败了……数来数去所有小生灵都有灵性都不能伤害。麻雀属于四害之一，倒是没听母亲说有灵性，但麻雀窝也不能掏，不是怕报复，而是因为蛇常常会偷吃麻雀蛋，担心不小心掏出蛇来。

晚上在外面玩疯了不想回家时，就想起母亲说的驴子是前世做了坏事造了孽的人变的，午夜时分要还原成前生的样子。所以我们疯玩得再厉害，也从不敢午夜后在外边游荡。小孩子不听大人的话，不孝顺老人就会有被皮猴子娘（估计是狼外婆）吃掉手指的危险。皮猴子娘会嘎吱嘎吱像吃红萝卜一样嚼完手指头，再吃脚趾头。故事里的小哥哥很聪明，会借着解手的理由一点点从炕头挪到灶台下，最终挪到门口逃走，而那个傻小妹妹总是难逃被皮猴子娘搂在怀里一点点吃掉的命运。这个结局让我非常不服气，在真实的生活中，我自认比小哥哥聪明，逃掉的该是我。不过我也不担心他被吃掉，因为他嘴馋、胆大、狡猾，不但不会被吃，反而有可能把皮猴子娘抓住煮着吃了。

母亲常在炎热的夏夜，摇着蒲扇唱歌谣给我们听："山老鸹，尾巴长，娶了媳妇忘了娘。把娘背到山沟里，把媳妇背到炕头上。擀白饼，熬肉汤，媳妇媳妇你先尝，我到山沟背俺娘，俺娘变成屎壳郎。嗡嗡，飞到北京，北京放炮，刺到大道，大道放雷子，刺掉俺娘嘴唇子。"母亲声音低低的，略带沙哑，有着丝丝忧郁，那分忧郁格外感人。我们也随着歌谣忧伤起来，为歌谣里那个被儿子抛弃走投无路的可怜的老母亲担忧，并互相发誓将来要孝顺，绝不能让母亲落到那么悲惨的地步。怕将来自己真娶了媳妇忘了娘，哥哥们还把自己的誓言刻在屋子里的土墙上以作警示。

六月天说变就变，有时会突然下冰雹，母亲立刻拿把菜刀扔在院子里。我们好奇追问原因，母亲解释说那是没尾巴老李每年回来看娘。据说，没尾巴老李的娘和哪吒的娘一样，也是怀孕三年。老李一出生是条龙，满室乱窜。他爹怕中生智，摸起一把菜刀砍在龙尾巴上，他忍疼挣断尾巴飞到东海了。但是，每年他想母亲时都会回来看望她。龙一行动通常呼风唤雨，必然带来冰雹伤害庄稼，所以家家扔菜刀吓唬他。因为他孝顺，我对他充满好感，常常为他担心，怕家家扔菜刀伤害了他，有时暗暗为他祈祷。

最爱听娘讲贫贱骨的故事。从前有个男孩子长得相貌堂堂，有一天偶遇一个算卦的，算卦的大吃一惊，预言他"长着一副帝王像"。他的娘知道后很是得意，烧火做饭时用烧火棍敲着灶门发誓"将来我儿子当了天子，和我有仇的我必报仇，有怨的我必报怨。"不料把灶王爷脸划破，灶王爷告上了天庭。玉皇大帝恼他有个心胸狭隘的娘，就下旨在半夜三更给他抽筋换骨，削减他的福分。灶王爷怜悯他无辜受牵连，前半夜托梦嘱咐他无论多疼都咬紧牙关不许出声喊。到了后半夜果然开始抽筋换骨，他疼得翻来覆去但咬紧牙关一声不吭，天亮后变成一副弯腰驼背的猥琐无赖长相。当他再次遇上算卦的，算卦的嘲笑他损了阴德失去了福相，他扑哧一笑露出满口牙齿，算卦的大惊，预言他虽然一身穷贱骨，还有一口宰相牙。他后来果然做到宰相的位置。因为算卦的泄露了天机，玉皇大帝惩罚他变成了瞎子。故事的教训是烧火时不许敲灶门乱划拉，吃饭时不许敲饭碗，做人不许太张狂，这些都是折损福气的行为。

母亲借此也告诫我们不可戏弄残疾人，对他们要心怀敬畏。说他们大都是半仙之体，因身上背负着某种神秘的天机或警示而或聋或哑或残。母亲讲不孝顺的儿媳妇拿鸡屎装成黄豆酱欺骗瞎眼婆婆，结果六月打雷被劈死。母亲说举头三尺有神明，人不能欺天，欺天会遭报应的。所以我们兄妹从不加入小孩子哄笑戏弄残疾人的行列。

冬天的雪夜，父亲常常将无家可归或要饭的留宿，母亲不高兴，怕家里小孩子多会出意外。父亲说将心比心，他常年出门在外赶马车，遇到暴风骤雨夜，叫天不应叫地不灵，不知有多么期盼有好心人留宿，母亲也就不说什么了。

偶尔有算命的瞎子留宿，为报答父亲常常免费给我们抽签。昏暗的煤油灯下，听说家里有算卦的，邻居也来凑热闹。说来也怪，父亲好喝酒，抽的签是"桌上一壶酒，常喝常有"。四大娘抽的签是"远看是宝，手抓起就是草"，过早地预示了她悲惨的结局，后来她被儿媳虐待，流落异乡潦倒惨死。小哥抽的签是"窗台上拾银子，不用弯腰"，后来他做生意果然做得风生水起。据说，三姐把我拉过去抽签，我死活不抽，瞎子摸摸我头顶和耳朵，笑呵呵说："这是个福蛋蛋。"四姐撇着嘴表示怀疑："瞎猜，他肯定是摸着老九肥头大耳像头小猪才这样说。"娘狠狠拧了她一把，她躲远了点，但仍然表示不服气瞎子的话。然而我至今已四十多岁，依然没见有任何福气和贵气应在我身上，可见算命的话也不可全信。

不过倒还记得母亲曾说过，所有的小孩子心地纯净，眼睛最明亮有神气，邪恶的东西在小孩子的眼里都无法遁形。所以日渐被世俗浑浊了双眼的大人要借助孩子的眼睛才能判断某个地方的风水好坏，也常开玩笑让小孩子去猜测未出世的婴儿是男是女。我的职业是教师，每日处身于一群天真纯洁的孩子中，能感受他们的灵气与可爱，也未尝不是最大的福气和贵气。

好人就有好报，作恶永远没有好下场，这是母亲永恒的故事主题。在母亲潜移默化的喃喃细语中，我们树立了最初的人生观。母亲用她那独特的方式，发自肺腑的话语，阐释了一个普通农村妇女对生活的所有理解和信念。这信念贯穿着我们整个孩童时代，它凝注着母亲对我们最深情的期盼和最丰盈的爱。在爱的浇灌下我们的生命会酝酿出至美至纯的芬芳。

如今，我继续把母亲那些美好的故事讲述，把希望和温暖传递给我的女儿、我的学生。亲爱的孩子，希望你们能用心倾听，请允许我陪你们走在爱的季节！

"英雄"姿态

  小时候的我是个野丫头,在家里排行老九。上面四个哥哥、四个姐姐很气派地罩着,所以气焰极其嚣张。顶头老八是个淘气野小子,老七是四姐妮儿。由于她爱臭美,又娇气,且哭起来依依呀呀一点气势都没有,很被我俩瞧不起,一般和她玩不到一块。因为向来有崇拜英雄情结的我们一致认为即使是哭也要气壮山河的。

  家里土地少,孩子多,劳力少,吃是永恒的话题。淘气小哥虽然只比我大一岁,但在吃的待遇上是无法与我相比的。大家都吃玉米面时,我和有病的娘吃掺了一把白面的杂面窝头,大家都吃杂面窝头时,我就吃全麦子面的白馒头。为此,小哥羡慕嫉妒得要命。成年后已有些许资产的他在和朋友聚会时,控诉这不公平的待遇是他社交场合的首要话题。我在他的朋友圈里基本上是压迫者黄世仁的形象,而他自然是孤苦无依的被压迫者喜儿。

  实际上,他可没有自己说的那么善良无助,他反抗意识特别强。那时农村存放稍好点的东西基本上是放在竹篮子里,再把篮子吊在屋梁上,防老鼠更防嘴馋者偷吃，那篮子盛满了多少农村孩子的奢望和期待啊！小哥总是趁大人不在时板凳摞板凳地站上去，伸直了胳膊去摸篮里的东西，也许拿根干油条，也许掰块白馒头，也许偷块快化了的糖。由于次数太频繁，我又跟得太紧，经常撞上他作案。他那踮着脚尖，左手托着竹篮，右手伸向篮子里摸东西的姿态，一直深深印在我童年的脑海里。后来看电影觉得英勇的战士们炸碉堡时右手托炸药包，左手拉导火索的那个姿势太熟悉了，似曾相识，仔细想想恍然大悟，小哥的造型竟与英雄们的姿态有异曲同工之妙。

　　家里偶尔有客人来，会给我一点糖果或点心。这时候小哥会打破他严格遵守的"和女孩玩烂脚丫"的忌讳，和颜悦色地喊我出去一起玩，并且许诺玩"抓特务"时会让我当"特务"。但往往是等东西分吃没了，他就以一匹千里马的姿势：一拍自己的屁股，前蹄（脚）一蹬地，长嘶一声，昂着头跑得没影了。我自然大哭，找娘告状一告一个准，因为他违反了娘的规矩：大的必须让着小的。娘对付他自有策略，拿个好吃的东西哄他向前，趁他不备抓住他，严厉责问："下次还骗不骗妹妹？"他一般是好汉不吃眼前亏，嘴巴特别软："我错了，再也不敢了。"只要勇于承认自己的错误，娘的气立马就消了。当然，下次我仍然上当，他也是。

　　有时，他祸闯大了，娘会真打，插门棍子已经举起来了，形势万分危急……"娘，那是谁来了！"他大叫。娘一回头，危险消失了。小哥拔腿就逃，爬上高高的土墙，骑在墙上扮个鬼脸，嘴里念着"逮不着，干生气"，然后消失得无影无踪。而四姐闯了祸被俘虏后，是做不到知错就改的。用娘的话说犟得像头驴，娘审问得越严厉，她越一声不吭，一副电影里共产党员视死如归蔑视敌人严刑拷打的英雄姿态。娘气急了就打，越打她越往娘身上撞，而且嘴里还喊着："你打死我吧，有本事你打死我。"那姿势像极了高呼着"共产主义万岁"走上刑场的我党地下工作者。当然娘是没有打死她的本事的,又生气又下不了台,只能被逼着再打,再打又心疼,有次竟气极而晕。四姐犯了众怒,结果自然是我和小哥一起冲上去揍她。

四姐的经验给幼小的我很深的印象:一个人难免犯错,但勇于承认、敢于担当,远远胜过不撞南墙不回头的固执。

荡气回肠的上学路上

每天清晨，当整个城市苏醒过来，家有学生的一定把送孩子上学视为至关重要的事情。十几分钟内学校门口立刻汇集了各条战线的人，车辆型号参差不齐，从豪华的奔驰、宝马到小三轮车都有。有的妈妈妆容精致，有的妈妈还睡眼惺忪，穿着睡衣拖鞋就出来了。送孩子上学，同时让家长重温了自己上学的体会。

回想小时候我们上学声势远没有这么浩大，家长完全不参与。早上起来，大人只负责叫醒我们，其他的事就是全靠自己了。有时大人忙碌起来，忘了叫醒酣睡的小人儿，等到金玉、秀芳一遍遍在炕前不耐烦地大喊"起来了，起来了"，我才慌慌张张爬起来，顾不得吃饭，抓起书包，摸个干粮，就往外跑。

小孩子好斗又好强，上学路上诱惑太多，所以迟到就成了家常便饭，连迟到的理由都格外荡气回肠。背着家长们用各种颜色碎布缝的书包，三个一群，五个一伙，摇摇晃晃地行走在上学路上。总有些闲汉光棍倚在门口逗小孩子开心，说些"你不是亲生的，是你爹从沟渠里抱来的"之类话题。小孩子较真，斗来斗去斗上瘾，脸红脖子粗非要辩个水落石出不可，等听到上课铃响，才知道又上了当，气急败坏往学校跑，顾不得计较后面闲汉得意的大笑。上当次数多了，见了他们就绕着走。

小孩子好动，手脚极少有闲下来的时候。通常是边走边踢着一颗小石子或碎瓦片，所以自家手做的布鞋特别不经穿，往往是右脚的大拇指头最先烂，补来补去，大人补烦了，干脆就由着脚趾头在外面坦然地伸着，反正大家都这样，谁也不笑话谁。有时比赛看谁踢得远，在激烈的呐喊和争论中忘了时间，又迟到了。不踢石子时就喜欢遛墙根，边走边用手指划着路边的土墙，把指甲磨得惨不忍睹。划到人家大门口时，就恶作剧地敲敲，听到里面有怒吼，哈哈笑着快逃。所以靠近路边人家的土墙头特别斑驳，泥好的墙皮也特别容易剥落，细心的人家在上学放学的时间干脆就坐在大门口，一看到小学生划着墙走就大声喝骂。尤以宝玉的奶奶最为警觉，干脆远远看到依稀有小孩子模样的人影就开口骂。

小孩子花样多脑子灵活，争论的内容上天入地五花八门，每一个都是引发战争导致迟到的罪魁祸首。有时争论起谁"摔泥炮仗"的本领大，争论的结果谁也不服输，需要立刻验证。于是马上到池塘里挖一块大泥巴，做成小碗状，嘴里唱着：

"东来的，西往的，听听老爷的炮仗响不响。"

"啪"往地上狠狠一摔，爆出个大窟窿。谁的窟窿最大，其他"老爷们"就万分不情愿地从自己的泥上揪一块下来，很吝啬地拍成薄薄的饼子状，把他的窟窿补上。赢泥最多的是胜利者，虽然池塘里泥多的是，但意义大不一样，这样紧要时刻，哪里还顾得上迟到不迟到。

有时比赛谁倒退着走得快。小孩子们于是一字排开，齐喊"一二三"，开始倒退如飞比赛着。记得一个冬日的清晨，我在聚精会神倒退走比赛时，随着一声惊呼，我倒在了老李头的豆腐挑子上，导致父亲把一挑子不成块的豆腐都买下来赔偿。虽是豆腐渣，却也让一家人享受了好久，不年不节的平常日子哪有这么奢侈？然而家里人并不为此而感激我，以致我愤愤不平了好久。

011

夏天雨水大，村里各胡同的排水最后都汇集到桥洞那儿进入池塘。于是我们就在桥洞混浊的水中趟来趟去，常常有一不小心滑倒坐在水里的，于是书包衣服全湿了，只好回家换，换好了自然又迟到了。

春夏时节，有人家种的石榴树或丝瓜开了花，隔着墙头，伙伴们一个骑在另一个肩头去摘，头发长的插头发上，短的别在耳朵后。红艳艳的花朵，黝黑顽皮的小脸蛋，衬得黑的更黑，红的更红，大家都咧着嘴哈哈笑。这才是真正的春天和真正的花朵，我们才是真正爱惜春天和欣赏花儿的可人儿啊！也有人家为了阻止我们爬墙在墙头上泼上沥青，或插上玻璃碎片。偶尔有老婆婆养的小鸡掉了队，我们抓一个放在口袋里，跑到安全地带掏出来，却遗憾地发现捂死了。少年偶尔会有颗荒唐而残忍的心。

不过上学路上也并不是都一帆风顺，常常危机四伏。农村几乎家家养狗，有的还不止一条，呲着白森森的牙趴在门口，在你不防备时突然蹿上来，咻咻地围着你转圈。小孩子心里一害怕就跑，越跑狗就越追。我们不敢单独走，一定约好同伴，狗是狡猾的动物，最会欺软怕硬。

我在长期与狗的战斗中总结出了经验。当狗示威性地站起来低吼时，再害怕也不要跑。狗此刻在掂量该不该向人发起攻击。这是一场生死悬殊的心理较量，千万要保持镇定，要表现出蔑视它的表情，用比狗更可怕的眼神恶狠狠地盯着它。当狗的目光开始游离时，我会做出突然弯腰拿砖头的样子，嘴里同时大声呵斥"砸死你"。狗立马转身逃走，这是小哥教的法子，百试百灵。但秀儿和金玉胆小，不敢尝试，往往不等狗叫就撒腿跑，引得狗乘胜追击，我孤掌难鸣只好也落荒而逃，边逃边恨自己胖乎乎跑不过瘦小轻灵的她们。

成年后，发现好多事情都是这样：在一切困难面前，人要是越退缩就沦陷得越快，而当鼓起勇气孤注一掷去面对时，却往往有柳暗花明的意外收获。

关于绰号

起绰号，好像是每个时代孩子们的共同爱好。最常听到一脸委屈的孩子们告状："老师，某某给我起绰号了！"我立刻换上很郑重的表情，语重心长地列举给人起绰号的危害，直到那小小的"被告"心悦诚服地给"原告"道了歉。其实，我心里早乐开了花。小时候，谁没给人起过绰号呢？谁又没有绰号呢？同窗几十年后重聚，那个脱口喊出自己绰号的人，一定是当年形影不离的死党。

淘气小哥发育较晚。他身材又矮又瘦，尖尖的头顶，巴掌大的黄瘦的脸，跟从小又白又胖的我形成了对比，个子也一直和我差不多。老家的东屋没倒的时候，常常在墙上找到我俩小时候比个子高低的铅笔痕迹，几乎都在一条水平线上。自从上学认识了几个字后，那面墙就成了他心情状况的预报台，有的是为了炫耀，如"毛主席万岁""中国共产党万岁"（那是当时最流行的口号，每个孩子学写的最初文字）；有的是为了表扬，如"小五那好""小妮那好"（"很"字他从没写对过。估计是刚哄了我们的好东西吃，还算满意）；有的是心胸狭窄的他提醒自己要牢记仇恨，如"小五那坏"（估计是我告状，娘揍了他，对我不满）、"老土娃那坏""老云很 xiong"（"熊"不会写，估计是三姐、二姐揍了他）……

每年娘在翻新棉裤时，都要表扬他最懂事，知道疼娘。因为他三年几乎穿着同一条棉裤都很合适，表扬得他有点恼羞成怒。三哥因此给他起了个绰号叫"磨耳齐"。"耳"是小时候男孩子们自创的玩具，用较粗的小短木头，把两头削得尖尖的，放在地上，手持棍子敲一头，另一头一翘，立马用棍子打出老远去，家乡人称为"打耳"。还有一种玩具是木陀螺，上面平下面尖，用鞭子抽打着快速旋转，叫"磨耳"。不知道是哪种"耳"，反正这是个很侮辱人的绰号，意思是说小哥与"磨耳"一样高。三哥笨嘴笨舌，叫起别人绰号来却特别字正腔圆。小哥一直愤愤在心，寻找机会报仇。机会终于等到，村里放电影，里面有个很坏的日本鬼子"石村警长"。三哥叫石村，平素最讨厌日本人，小哥就报复性地给三哥起了个"石村警长"的绰号。一开始只在心里喊，后来一生气不小心喊出来，让三哥揍了一顿。但他觉得大仇已报，挨揍也值。后来看三哥苦恼的样子，又有点惭愧地告诉我"这绰号起得有点恶毒了"。

对于三哥的痛苦，我丝毫不同情他。不但因为他比较懒，每次让他做件事情，他千篇一律是一句"肚子疼"就拒绝了，也不知道变变理由。最可恨的是他曾经扬言"排行老五的没一个好东西"，然后他掰着手指头找证据："曹老五"（那是附近有名的无赖光棍）、"明光老五"（那是村里一个整天拾粪的脏老头），然后咪着小眼睛不怀好意地冲我一瞟"还有咱家里的小五"，他叫"小五"时的语气实在恼人，真应该申请专利。我气得脸红脖子粗，但是打又打不过他，骂又不敢骂，只好在心里狠狠地骂他。后来看电影《花为媒》，里面有个漂亮的张五可，邻居老王见我就喊"五可姑娘"，对这个绰号，我倒并不反感。

在回想起儿时点滴时，心中一直暖暖地萦绕着那首小诗：

记得当时年纪小
你爱谈天 我爱笑
有一回并肩在桃树下
风在林梢 鸟儿在叫
我们不知怎么睡着了
梦里花落知多少

无关风月,却有着别样风情。那种单纯、美好到极致的温馨回忆,真是有着说不出的好!

魂牵梦绕清明时

回忆中，总有一些瞬间，能温暖整个过去的曾经。

又到清明节，朋友圈里被各种清明的话题刷爆了：上坟祭祖、踏青、美食。海燕晒了煮鸡蛋的图片，特意说明："老母亲来电叮嘱，别忘了用煮好的鸡蛋滚滚眼皮，明目。"这几句话把我对清明的所有回忆都调动了起来。在儿时记忆里，清明的所有印象主要来自鸡蛋。

清苦的日子对节日的期盼简直望眼欲穿，渴望着能让塞满了各种粗粮杂菜的肠胃得到一次改善。清明早上，兴奋的我们不等大人喊就一骨碌爬起来了，灶头上果然早有一大碗盼望已久的煮好的红皮鸡蛋。不吃完早饭鸡蛋是不能拿的，食不知味地匆匆吞下早饭，迫不及待等着领自己的鸡蛋。照例是我最小拿两个，其他一人一个，大哥大姐和父母自动弃权。

那时节，农村所有家庭的油盐酱醋、加工面粉等零碎费用几乎全仰仗着家里的鸡屁股，所以家家把养鸡当成头等大事。春天一到，自行车后摞着一笸筐一笸筐小鸡小鸭的赊鸡人如期而至，叫卖声"赊大荏鸡咧，赊小鸭"响彻飘满槐花香气的村头巷尾（春天青黄不接，村里家家弹尽粮绝，称为"闹春荒"，无钱买鸡鸭，只能赊账）。前一句"赊大茬鸡咧"像唱歌般抑扬顿挫、慷慨激昂，大有余音绕梁的感觉，听得坐在马扎上做针线的主妇们不由自主想伸开双臂展翅欲飞时，后一句"赊小鸭"冷不防降了好几个音调，好像谁欠了他钱没还一样生气地嘟囔出一句"赊小鸭"，就像屁股底下的马扎突然被抽掉，让飘飘欲仙的听众一不防备摔了个大马趴。

吆喝声一响，主妇们立刻放下手头所有活计，"一年之计在于春"，赊鸡、赊鸭是头等大事，误了就意味着一年的灯油钱报废了。毛茸茸的小鸡小鸭头上屁股上涂着鲜艳的记号，赊鸡人一边警惕地监视着小孩子试图摸鸡的手，一边信誓旦旦地保证做标记的全是母的。但精明的村妇们往往更相信自己的判断，会迅速拆穿赊鸡人的谎言，好几个人同时攻击他，证明去年的鸡鸭有多少是公的。被拆穿的赊鸡人并不尴尬，面不改色心不跳继续"舌战群雌"，一边把各家拿的公母各多少只详细记下来，等到秋后他再来收账，是名副其实的"秋后算账"。账本记得很含糊且极端大男子主义："龙头家的""北京家的""桓台家的""新厂家的"……好像女人们只是那不屑于出面的男主子的附属品，好在农妇们嘻嘻哈哈并不计较这些细节，也从无人赖账。

我们家族生活水准在村里属于中上，基本不靠鸡屁股供应上学。但家大、人多、事多，那时候村里红白事都是送鸡蛋、挂面。吃鸡蛋是月子里的产妇和婴儿的特权，不老不嫩的吃鸡蛋是浪费，除非生病才能吃上个荷包蛋。所以，我们小孩子打架打破了头，最厉害的威胁就是"上你家炕头上吃鸡蛋"，那是农村最尊贵的待遇。偶尔也有风流健忘的母鸡在外面流连忘了返回鸡窝，于是我们常常有早起上学路上在草窝或池塘边捡到鸡蛋、鸭蛋的惊喜。

清明的鸡蛋一拿到手，不舍得吃，如珠似宝不知该如何是好。我会用彩色蜡笔细细地描，有时画上花儿、娃娃头。大姐心细，会用粗毛线给我编个小套子，留一截长长的线，我把涂得五颜六色的鸡蛋挂在脖子上当项链。有时跑得太急摔倒了,鸡蛋破了,只好极其惋惜地扒开吃了。吃的时候能听到旁边的小孩子咽口水的声音。男孩子嘴馋,小哥的鸡蛋往往一到手就没影了,我老是怀疑他连鸡蛋皮都一块吞下去了,就急得扒开他的嘴查看。吞下鸡蛋的他立刻骨气尽失,奴颜婢膝地围着我打转,不怀好意打着我的鸡蛋的主意。

　　清明这天每个带着鸡蛋上学的小孩都有着帝王的高傲气质。鸡蛋以各种方式被捧着、悬挂着、炫耀着。如果谁此时得意洋洋拿着个大鸭蛋,那他受到的追捧是极尊贵的。万一是鹅蛋,那么这一天他所发的任何号令会被大家无条件服从,权威一直延续到他吃完鹅蛋为止。

　　在我们排好队伍去牛庄烈士祠祭扫的路上,尽管老师再三呵斥"严肃点",队伍里仍然互相玩着碰鸡蛋的游戏。碰鸡蛋选择对手要谨慎,要选择大小相当、门当户对的鸡蛋。如果对方拿着鸭蛋,甚或是鹅蛋,就会很有自知之明地乖乖认输。玩这个游戏也要当心有出老千的,心眼实在的孩子会把鸡蛋的大部分露出来,如果遇上小哥这等狡猾的秃小子,那他可就倒霉了。耍老千者会把鸡蛋大部分握住,只露出些许一点,轻轻一碰,对方必败,因为他是用拳头而不是鸡蛋碰的。还需提防的就是老千们会用一头已经破了但另一头完好的鸡蛋去找人碰,再多拉上几个垫背的。

　　女孩子通常舍不得参加碰撞鸡蛋的冒险游戏,往往把自己的鸡蛋变成展示绘画才能的作品,小心翼翼保护着。但总有一部分命运坎坷的鸡蛋牺牲在跳绳、踢毽子的战场上。运气极佳的鸡蛋能被细心的女孩保存到第二天,然后选择在众孩聚集的地方,在众目睽睽之下、啧啧吞咽口水声中把吃鸡蛋的隆重、唯美发挥到极致。

　　最后一个鸡蛋被吃的仪式举行完毕,这一年的清明才算正式结束。在转身追杀小鸡小鸭的呐喊声中,孩子们又开始了新的期盼。但有关清明的那点滴往事,丝丝味道,却已入眼入心,即便刹那,业已永恒。常常在几十年后的某个春日下午,已是中年的我们偶尔回忆起那些瞬间时,每个人都是面上含笑,而心存温暖的。

早起的鸟儿

　　清晨，在鸟儿快乐的呢喃声中，我睁开了蒙眬的睡眼。屋里一片清凉，窗外那颗合欢树正如痴如醉盛开着，任性地极力炫耀着生命的华丽与辉煌。然后，在鸟鸣声中响起了一个男孩童稚而庄严的歌唱声："你挑着担，我牵着马，迎来日出，送走晚霞。"是哪只早起的小鸟如此快乐啊？

　　我好奇地走到窗前，往下一望，立刻被眼前一幕深深吸引住：一个五六岁的小男孩，在繁花似锦的小花园里，正旁若无人地举行着一个人的演唱会。他一会站在凉亭的凳子上，一会骑在喷泉的柱子上，爬上爬下不厌其烦地变化着演出地点、演出姿势和演出曲目，肆无忌惮地宣泄着自己的快乐。正当他沉浸在自己的表演中时，那急急赶来的一定是妈妈，不知呵斥了些什么，拽起小男孩不情愿的胳膊匆匆离去。多么热情洋溢的童年！多么不识趣的大人！我笑得几乎落泪，这一幕立马勾起了我所有的记忆。

　　一个家庭九个孩子，因而早上起来连上厕所都成了难题。男孩争不过女孩，小的争不过大的。小哥一般就在大门外与人边聊天边解决了，不存在环保问题，一般被早起的拾粪老头叉走了。西方谚语"早起的鸟儿有虫吃"，在我们这里可以引申为"早起的老头有粪捡"。冬日的清晨，不少老头背着个蒲苇编的粪桶，抽着袋烟锅子，吭哧吭哧地咳嗽着，长长的眉毛和胡子上挂着一层雪白的霜，桶里装的是那些狗啊、猫啊、野小子们随地大小便的罪证。他们一般有老年人的淡定，非常耐心地在旁边抽着烟袋锅子等着，间或和野小子们有一搭没一搭地聊上几句。

据说我很小的时候就已流露出笑傲江湖的霸气。早上起来，别人各忙各的，往往顾不上我，这时我一般很会安排自己。眼角的眼屎还没抹去，光着小脚丫，穿个小短裤，两个冲天小辫睡了一夜后东倒西歪的。姐姐们只顾着自己梳洗，顾不上搭理我，因为娘有太多的规矩，对女孩的仪表更是严格：衣服再旧也一定要平整洁净，头发不允许油腻、不允许乱蓬蓬……在她们忙乱时，我很识趣不往前凑，就这种"光辉"形象大大方方地走出去，坐在门口大石头墩子上挑衅性地发泄自己的起床气。往往是看见比我更小的可以欺负的小角色就拦在路中间不让过去，或是学着闲汉们来一句："你是你爹粪篓子背来的。"因为天生有较强的判断力，又占尽了地理优势（在自家门口），所以一般较顺利，很少遭到反击。

时间久了娘找出来，会一把拽起胳膊就提溜回去，边走边往屁股上扇巴掌，嘴里呵斥着："大清早就当咬道的狗。"这时是没法和她讲道理的，她自己给我们规定了那么多规矩，可她懂江湖上的规矩吗？懒得跟她解释，解释了她也听不懂。小王子早就说过：大人是没办法和他们沟通的。当你告诉大人们你交了一位新朋友，他们从来不问那些关键的东西。比如他们从不问："他说话的声音好听吗？他最爱玩什么游戏？他收集蝴蝶标本吗？"相反，他们盘问这些："他多大了？他有几个兄弟？他体重多少？他父亲挣多少钱……"好像只有通过一些数字，他们才能了解一个人。

在这个阳光正好，微风不燥的早上，小男孩勾起了我尘封的往事，温暖的回忆使我面上含笑。

第一次真好

晨露点点，暮霭沉沉，日子如同脚步在前行中默默交替。人，往往从开始了解伤痛的那一刻，便学会了珍藏幸福，珍惜过去的点点滴滴。

准确点说，我特别深刻的记忆是从六岁那年开始。从那一年起，我记住了太多充满了喜悦和惊奇的"第一次"。

我比侄子敬维大六岁。他出生那年，大哥大嫂都上班，娘就到广饶去看孩子。白天忙着到处玩，没觉得怎样，到了晚上就开始想娘了。晚饭过后就开始哭，哭累了就睡，醒来了再哭，哭得大家心慌意乱。七岁多一点的小哥也想娘，但不好意思表现出来。到了晚上借口我哭得太吵，把头藏在被子里，从被子的起伏能证明他在偷哭，但谁也不忍心去揭穿他。别人问他："小军，想娘吗？"他嘴硬："有娘没娘一个样"，却灰溜溜地打不起精神来玩，无精打采的瘦小背影，写满了思念和落寞。

忘不了大舅冒着倾盆大雨来看我，把我包在雨衣里带回家；忘不了舅妈为了留住我，给我蒸雪白的米饭，拌上白糖吃，在那个年代，那是太奢侈太奢侈的吃法；忘不了夜深了，大舅抱着哭个不停的我在他们村的池塘周围一圈一圈地转，我哭他也掉泪；忘不了小哥和四姐想我，又怕大舅威严的面孔，站在大舅的村口桥头上张望，等大舅闻讯出来，吓得他们撒腿就跑……太多的忘不了让我幼小的心灵深深感受到亲情的分量。

有时候想念得不知该怎么才好，就远离小伙伴，徘徊在适合自己荒凉心境的角落里，想着哭死算了，以此来惩罚娘。我常常一遍遍想象着这样一幅景象：我哭得筋疲力尽即将死去，娘俯身乞求我说一句原谅她丢下我的话，可我倔强地把脸扭过去对着墙，到死也不原谅她。娘扑在我身上，痛哭着乞求上苍把我还给她，发誓再也不会离开我。哥哥姐姐们围着我，哭着后悔平时没重视我，发誓再不惹我、气我，永远让着我。但是，我要躺着一动不动，脸色惨白，还要挂着让他们心疼一辈子的微笑。我被自己的丰富想象感动得热泪盈眶，在想象中，我体会到一种奇特的甜美的悲伤和幸福的凄凉感，简直是一种太好的享受。六岁那年，我第一次尝到了思念的刻骨铭心。

此后，在我的生命中，又有了无数值得低回品味的"第一次"。二年级被败在小哥手下的男孩用铅笔盒打得头破血流，第一次尝到痛苦的滋味；爹买的蒙古马由于野性难驯，被我和小哥私下买来安眠药毒死，从全家人的愁云惨淡中，第一次领略到生活艰难的滋味。胆战心惊和小哥约定谁也不许泄密，竟然隐瞒了三十多年才招供。难忘读的第一本书是大哥的《拍案惊奇》，半文半白竟然被我磕磕绊绊读了下来，第一次惊艳于文字的美丽，从此结束了江湖上的东征西杀，南征北战，把心沉浸在了文字的海洋中。难忘第一次看到自己的文字用铅字印在那时的刊物《红蕾》《小葵花》上的喜悦。难忘第一次站在全校师生前讲自己写的故事，一直讲到泉城，获得"全省故事大王"称号。难忘第一次叹服于戏曲的美好，只觉得文辞曼妙，水袖一甩飘飘如仙，从此深种情根，迷恋上了京剧的雍容华贵，越剧的软语呢喃。至今，学校每年的迎春晚会，我一定有板有眼的来一段程派青衣《锁麟囊》或《白蛇传》，那感觉有说不出的好……

　　感谢那些生命中多姿多彩的第一次，它教会我该如何好好的活着：既要如夏花般灿烂，亦要如秋叶之静美。生命的美丽不只是青春的怒放，而是能否充实、优雅、有尊严的老去。

结婚愿望

　　站在时光的路口，回望童年曾经走过的美好，渴望鲜花开满枝头，渴望亲人一切安好。点点滴滴的温馨告诉我，童真有多么可爱有多么荒唐。

　　童年的记忆中有段时间，小哥突然一反常态和邻居小杰好得恨不得同穿一条裤子，这让我感觉很奇怪。因为小杰打架本领太差，而且人中比较短，显得脸特别长。我们都戏称他为"撅嘴鲢"。那段时间，他俩交往很密切，进出都勾肩搭背的。好好考察了一段时间后，小哥悄悄把我叫到一边，很严肃认真地对我说："你跟小杰吧！"我们这里把"嫁"叫"跟"，那郑重其事的态度，好像父亲终于把女儿郑重托付给他亲自挑选的人一样。

　　我大吃一惊，两天没搭理他。因为我是很看不起"撅嘴鲢"的。人中短不是根本原因，最主要的是他太文静，打起架来连女孩子都打不过，更不是我的对手。现在想来，小哥用心良苦。因为小哥一直嫌我胖，生气了就喊我"小胖猪"，担心我将来会嫁不出去。每次和我打架就威胁我："将来你要是嫁给我，我每天打你八遍！"估计经过他长期考察，认为小杰老实，就不会每天打我八遍了吧？

　　小哥的擅自做主破坏了我对结婚的美好憧憬，对于未来婚姻我是有自己的远大抱负的。我的目标是将来给小哥换亲，想想就很激动。那时农村穷，盖房子和娶媳妇是天大的事情。男孩多的家庭由于盖不起房子或者交不起彩礼钱，一般都打光棍，偏偏我家男孩又这么多。如果家里有女孩情况就会不一样，通常是找个同样交不起彩礼钱又碰巧有个妹妹的家庭，两家换亲，这也叫典型的"门当户对"。如果女孩运气好，另一家的哥哥年龄悬殊不太大，再身体健全就阿弥陀佛了。其实即使对方年龄相差很大，或者竟是残疾，那也只有认命。因为只要反悔了，自家哥哥是立马要打光棍的。命不好没有妹妹的，只好砸锅卖铁拼上一把到四川买媳妇，这一招也不大保险，常常有四川媳妇逃跑了的例子，弄得人财两空。

　　我曾耳闻目睹邻居家眉清目秀的梅给她哥哥换亲的情景。梅上轿时撕心裂肺的痛哭震撼了我整个童年。那个男人年龄很大，而且是个残废。几年后，梅最终因生活负担太重痛苦地服毒自杀。那时，我为小哥有我当妹妹而庆幸。我暗想：将来我上轿时才不哭呢，多没有英雄气概啊！我那时要满不在乎地飞身上马，还要学江湖好汉一抱拳朗声说道："在家靠父母，出门靠朋友，各位辛苦了！"这姿势从电影中学来，一直苦于无场合用上，就等着那时候显摆呢。小哥的自作聪明使我的结婚愿望彻底破灭，真郁闷。我连着几天没理他，他后知后觉地纳闷："我怎么惹着你了？我没拿你的东西啊？不信，你翻！"很熟练地把口袋掏个底朝天让我翻，唉，和这个猪脑子简直无话可说！

　　多年后，和朋友们谈起我的结婚愿望，她们笑话我那么小就知道结婚，属于"早熟早慧"。其实，那是因为过早地看多了周围那些因为贫穷而发生的悲剧。早慧更谈不上，当人沉浸在往事的斑斑驳驳中，只要心安静下来，一切自然就变得近乎残忍的清晰。

　　我所做的，不过是把心静了下来。

那方池水

做梦经常梦到抓鱼，魂牵梦绕的是故乡门口那方池塘，那是我儿时的乐园，记载收藏了我童年所有的欢声笑语。

关于这方池水，有个美丽的故事。传说水中曾住着一位金鱼娘娘，她细心呵护着一方水土。由于她的保佑，人们安居乐业，生活得幸福美满。可是，好色的东海老龙王贪恋娘娘的美貌，纠缠不成便心生毒计，威胁娘娘如果不嫁给他便让这片土地成为汪洋大海。为了解救黎民百姓，金鱼娘娘毅然答应了东海老龙，入住龙宫。人们为了纪念她，盖了一座娘娘庙。娘娘庙在文革期间已经被烧毁，我们小孩子喜欢在旧址那里玩耍，夏天下了大雨后，常常能捡到锈迹斑斑的老铜钱。

这水有灵性，听村里老人说，这水从没淹死过人。既然有灵性我们自然放心大胆地在水中游玩，大人也不干涉。童年的每一天几乎都与池水有关。

从春到秋，我们的经典节目是"拿鱼"。我和四姐搜集了家里所有的盆罐，用塑料布蒙上，中间剪一个口子，口子不能太大，太大了鱼吃饱了就跑了；不能太小，太小手抓着鱼出不来。用线扎紧，留一截浮在水上当记号，盆里放上嚼碎的窝头当鱼饵，如果有几根骨头会更好。把盆子隔几步摆一个，五六分钟后收鱼。蹚水要轻轻的，别惊了鱼儿，左手轻提起记号线，顺着线摸到盆，右手突然捂住洞口，左手再轻托起盆。这时只听见一片噼里啪啦鱼跳跃的声音，那真是世上最美的音乐。拿到的以麦穗鱼最多，小半天就拿一盆，炸了吃或是做小鱼汤，味道极鲜美。我和四姐不喜欢吃鱼，拿的鱼都便宜了其他哥哥姐姐，但我们迷恋拿鱼的过程。春寒料峭或入了秋水太寒，娘禁止再下水，我和四姐也有办法，找张纱网，缝在铁丝弯的圆圈上，用三根竹竿固定住，顶端用绳一扎，放上些杂草，再扔上几根骨头，用长长的棍子挑到水里，专捉虾。用油炒了，红彤彤的，是无上的美味。

烈日炎炎的午后，池塘是最好的避暑胜地，呼朋唤友，到池中比赛扎猛子。摘一片荷叶顶在头上，踩着水在池中游来游去，偶尔捧一把水洒在荷叶上，便像撒了满盘的珍珠四处滚开去，其乐无穷。觉得脚底下有鱼，一个猛子扎下去，回回不空手。

也因此常常错过了上课的铃声，等匆匆赶到学校，老师不审问不逼供，只需打量一下晒得发黄的毛发，用指甲在小胳膊上轻轻一划，一条白线就暴露了行踪。老师从来不搞苦口婆心、声泪俱下开控诉会那一套，也不屑于通知家长。即使通知了，家长们也不来，来了也瓮声瓮气只有一句："老师，你往死里捶！"老师只需无声又权威地向后一指，我们就很自觉地站在教室后面接受惩罚，然后很坦然地开始背课文，趴在墙上算算术，偶尔也积极举手参与老师提问。建东调皮，站在后面时老喜欢把圆珠笔帽吸在舌尖上四处展览，惹得我们咕咕笑。老师也笑，然后一巴掌拍在他头上，连带着拍下笔帽来。那时被罚也没感觉有多羞耻，多伤自尊。孩子们见多识广的，也很少有大惊小怪的，老虎都有打盹的时候，哪个孩子没有被老师抓住的经历呢？再说了，没有被罚站墙角的童年还配叫童年吗？那时候我们的心理健康又强大，哪里像今天的孩子这么脆弱，受不住老师几句呵斥，动不动就要死要活，令老师们战战兢兢如履薄冰。

傍晚的池边则是一幅绝美的图画。此时晚归的村民荷锄回来，在池中洗尽一天的疲惫。勤劳的女人们在石头上用棍子敲打清洗着一家人的衣服。悠闲的垂钓者，把鱼竿放在地上，压一小石头，让它自己静静地浮着，而自己则悠闲地或踱步，或两手当枕头躺在池边，偶尔与洗衣的女人开上几句玩笑，吐几个烟圈，看着烟圈渐渐融入升起的炊烟中。

冬天的池塘更不甘寂寞，冰冻三尺的水面是最天然最气派的滑冰场，那是我们的天堂。男孩子两膝盘坐在自制的滑冰车上，把身子弯曲得像个小虾米。手中两个冰钳同时一用力，身子向前一弓，便飞也似地滑了出去。女孩子两个人合作，一个坐在一块木板上，另一个用长围巾拉着她飞快地在冰上跑，彼此配合默契，热闹的冰面上洒满了翻天覆地的笑声。玩累了，别闲着，划根火柴，把寒风中冻得瑟瑟发抖的芦苇点着，为冰冷的天地注入火热的生命活力。要不就提个小斧头，在冰上溜达，看见有鱼的影子就凿开冰，一准有憋傻了的鱼跳出来。一边凿窟窿一边精心挑选块晶莹剔透的大冰疙瘩，嘎嘣嘎嘣嚼得山响，当冰糖吃。旁人听到这种惊心动魄的啃冰声听得浑身起鸡皮疙瘩，老怀疑是否把牙齿崩下来吞进肚里了。如果下了雪，每个孩子都会挑没踩过的地方，攥一个大雪团大啃特啃，美其名曰吃"雪馋馋"。那时节风清气朗不知污染为何物，也从没有听说谁家孩子因此吃坏了肚子。

如今村子规划，池塘大半被填平了，我童年的梦永远地迷失在了那残余的半池污水中。桃花谢了，有再开的时候；杨柳枯了，有再绿的时候；燕子飞了，有再来的时候；聪明的，你告诉我，我那方消逝了的池水还有再满血复活的一天吗？

放羊经历

有一种情愫，与风月无关，却最能触动我们内心深处那根柔软的琴弦，奏出人生最初的欢喜和留恋。

我小时候最崇拜的是邻居新厂。新厂比我们大五六岁，每天放着一群羊，鞭子甩得震天响。我和小哥觉得威风极了，做梦也想去放羊，可是家里只有两匹马，不养羊。如果给娘说绝对没用，她原则性太强，对于孩子过分要求决不纵容，估计除了挨顿揍什么也得不到。我们就去缠磨爹。爹耳根子软，用娘的话说"好护犊子"。爹缠不过我们，就买了只体型庞大的羊。这可把我俩乐坏了，赶紧精心打扮起羊来。因为见爹的马都带笼头，小哥就照着样子编了个小笼头给羊戴上；看见驴拉磨要戴眼罩，也给它配备了一副，最后把我成天拖拉着玩的小马车也绑在了羊尾巴上。把羊打扮得体体面面以后，我骑着羊，他牵着羊就雄赳赳气昂昂地出征了。每次放羊回来，娘都纳闷：新厂家的羊肚子圆滚滚的，我俩的羊肚子瘪瘪的。不久瘦骨支离的羊一头栽倒，再也没爬起来。新厂才告诉我们该让羊在吃草时摘下笼头。我们觉得他是故意不告诉我们的，发誓从此不理他了。娘明白真相后打了小哥一顿，那时一头羊的价格不菲，从此我家结束了养羊的历史。

一日，看到新厂在烧东西吃，小哥这人见到吃的就拔不动腿，立刻垂涎三尺，不争气地忘了不理他的誓言，围着人家直转圈。新厂慷慨地给了他一团东西，他一吃香得差点把舌头也吞下去，打听了，说是青蛙腿，在池塘里抓的。

于是，晚上小哥带着我去抓青蛙。在"稻花香里说丰年，听取蛙声一片"的优美小夜曲中，我俩干着最没诗意的事情。我负责用手电筒照，他负责抓。忙活了大半晚上，抓了五六只。由于不知道怎样区分，就青蛙、蛤蟆一股脑全抓了回来。谁也不敢扭断它们的腿，商量结果认为囫囵着煮应该也能吃。由于青蛙乱蹦，我就负责摁着锅盖，他负责烧火。约莫差不多了，掀开锅一看，全傻了眼，一片白花花的肚皮漂在水面上，谁也没敢吃。结果是青蛙腿没吃上，挨了一顿狠揍，还报废了娘的小铁锅。我俩同仇敌忾，又重新发誓从此再也不和新厂说话了，只是很遗憾没看出新厂有任何失落的表现。

回想起童年的鲁莽无知，实在愧对那些无辜的小生灵。蓦地想起诗人余光中说过：一眨眼算不算少年，一辈子算不算永远？其实，在每个人的内心深处，都有一个永远长不大的快乐童年吧？那童年中的季节应该是永恒的春天。忙忙碌碌的我们啊，要记得偶尔让思想放慢一下脚步，在春天的欢悦中也悠闲地散一会步吧！

拾荒岁月

三毛的《拾荒记》充满了大漠风情的浪漫唯美，我小时的拾荒岁月却一点也不浪漫，说白了就是拾柴火捡垃圾。我想每一个八十年代以前出生并在农村长大的孩子，都有见到柴火就想往家捡的情结吧？很多刻骨铭心的习惯是幼年的贫困所造成的。比如我打死也不吃玉米面窝头的习惯，比如看到任何数据都立马换算成一年小麦收成的习惯，比如看到浪费粮食现象往往回忆起母亲警告的"糟蹋粮食遭雷劈"的习惯。比如每当我看到小区修剪的大小树杈、装修扔掉的木头板，以及田野里大片大片干硬的蒿草，总有一种拖回家烧火做饭的强烈冲动。这种冲动常常会惹动我的一瓣甜蜜，半朵心酸。我想自己就是田野中的那株红高粱，血液中带着洗不掉的农村烙印，无论日后移植到多么高雅的场所，无论表面上多么矜持，都掩饰不了骨子里根深蒂固的尘土味。

牛庄村出来的孩子，大概小时候都有过捡碳核的经历。牛庄村大、人多、地少，油田打井又占用了大部分土地，油田的驻扎带动了商品的繁荣，吃饱肚子不成问题，但烧草的严重缺乏成了家庭主妇们面临的最大难题。家里年龄大点的孩子就常常去四分厂、五分厂去砍蒿草,捡树枝。我家是村里唯一有大马车的,常常是三哥赶着马车,拉着姐姐们去拾柴草。小家小户的就推着独轮手推车,那么漫长的路,全凭一双脚板走,天不亮就走,半夜才回来,远远望去只看见满满一大垛草在移动,看不见推车的人。年龄小点的孩子就加入捡碳核的大军。

油田指挥部冬天用暖气,单位多锅炉大,每天下班前会有专门的大卡车往村外的沟渠里倾倒大量垃圾,在我们眼里那简直是蕴藏丰富的宝藏。如烧完的煤炭渣里面往往有未烧透的煤炭、焦炭,捡回去可以烧炉子;钢丝渣里夹杂着碎铁块;擦完机器后油光光的棉线是最好的引火燃料;建筑垃圾里常常有木头废料;有时也捡回职工们扔掉的成瓶的过期中药丸,小孩子不知天高地厚,捡来当糖吃,也没听说谁被毒死过。

每天下午一放学,我们跑回到家扔下书包,摸上一块凉干粮,挎上筐子就走。有放羊兼割草的,有给猪剜野菜的,有去捡碳核的。我在经历了放羊却给羊戴上笼嘴,把羊活活饿死后,只好加入捡碳核的大军。

捡碳核讲究眼力劲。我用小哥弯的铁钩子先勾开废铁丝,里面常常藏着一些小铁块,攒多了背到废品收购站,能卖八分钱一斤。卖铁得来的钱一律上交母亲,那是面粉加工费的主要来源,艰难日子里的孩子懂事得让人心酸。翻完铁丝再去捡油棉线,黑乎乎油光光沾着机油,一点火立刻滋滋响着冒火苗,通常麦秸太软点不起木头,扔上油线后就能很快燃烧起来。把这些宝贝先抢进篮子后,就可以放心地细细捡碳核了。

捡碳核是个精细活。用铁钩子仔细翻检扒拉着碳渣,把未烧透的碳核捡进篮子,有时碳渣倒得少,捡不到碳核,就把颜色很黑的炭灰装半筐回家。掺上红土打成煤渣块烧炉子,缺点是烟太大,火不旺,只适合焖炉子。由于长期捡碳核,冬天水冷又洗得不透彻,所以农村孩子的手长期黑乎乎的,有时被老师训斥"掏粪爪",尤其是与班里那些机关单位的孩子站在一起,难免自惭形秽,也难怪老师偏向机关上的孩子。

偶尔，胆大的男孩子会悄悄避开门卫，从墙头翻过去或水沟里爬进去，偷点铁块或煤块。但冒的风险太大，那些门卫往往练就了火眼金睛，且下手很重。如果被发现，常常挨一顿狠揍。曾经有个男孩子被发现，爬上墙头后被门卫揪下来，一巴掌打聋了耳朵。所以女孩子从不敢打进去的主意。

满载而归的日子毕竟少数，那个物质匮乏的年头，家家缺吃少穿没烧的，拾荒的孩子太多。遇到运气不好的时候，在地调的每个家属区转悠了整个黄昏，篮子里依然空空，于是怅怅然挎着空筐子回家，脚步也变得沉重，黄昏的乡村有一种温柔而忧伤的美丽。

常常痴想，如果从前那个连最卑微的要求都不敢奢望的我来找现在的我，我一定会好好款待童年的自己，一定满足那个小女孩对生活的所有渴望，帮她延续那因为贫穷而过早结束的童年。

然而我并不遗憾。流年无声，岁月无痕，无论当时有多么艰难，时间过滤了一切痛苦，事过境迁后再回首竟会产生一种烟尘朦胧的美感，转化成心酸而甜美的回忆。正如电影《匆匆那年》结尾时方茴在当年的课本上留言：不悔梦归处，只恨太匆匆！有生之年，那些经历留存我心中的只有美好，余生我将只诉温暖不言殇。

"仇富"行动

我们的村庄地处交通要道，村前面是胜利油田指挥部，村后面是当时鼎鼎大名的惠民地区第三人民医院（即东营市人民医院的前身），当时挺有名气的广饶第三高中就在村中心。因此，很多城市孩子都在我们村上学。

这些孩子穿得好、用得好、皮肤白白的，又洋气又听话又懂礼貌，老师特别偏爱他们。只要与农村孩子发生争执，老师们一定偏向他们，连叫他们名字时嗓音都特别柔和，比喊我们时要降低八度音，这是让我们产生"仇富"心理的原因之一。第二就是那些油田家属妈妈们，明明也是种地的。只不过她们叫农场，我们叫农村，她们把"领工分"叫成"领工资"，称呼不一样而已。但她们特别有优越感，瞧不起农村孩子。当着我们的面，就警告刚才还和我们玩成一团的孩子："别跟这些农村的野孩子玩，会学坏了。"心里听着很是不舒服，既然背上"野孩子"的称呼，不能白担虚名，所以即使为了验证他们妈妈的话也要非开战不可。

小哥打架通常是这样的套路：双手叉腰拦在那骄傲的比他高大的城

市孩子前头，两个人先是面对面横着走，四只眼睛相互瞪着对方，只要对方走一步，另一方立刻跟一步。用目光过招之后，开始语言过招。

小哥先宣战："我要打你！"

对方说："你敢？"

"我就敢！"

"你不敢！"

"我敢！"

"不敢！"

"敢！"

一阵暗藏杀机的停顿后，他们又开始相互瞪眼，绕着圈子比划着招式。

又是小哥先开口："不许在我们村上学，快滚！"

"又不是你的学校，你管不着！你滚开！"

"你滚！"

"你滚！"

"你滚！"

再次僵持。

他们就这样站着，每人都前腿弓，后腿蹬，使劲用力扛膀子。不停地冲撞累得俩人面红耳赤，然后警惕心稍微松懈下来。一阵休整后小哥用光着的大脚趾在地上画了道线，威胁说："你要敢跨过这条线，我就打你。"城市男孩轻蔑地立刻应邀跨过界线。小哥竖起一根手指表示自己很生气，后果很严重，发出最后的警告："我生气了！我要打你！"对方立刻应战。于是，顷刻之间，两人混战成一团，在地上翻滚着，直杀得天昏地暗愁云惨淡。

别看城市孩子营养好，个子大，打架根本不是对手，一阵昏天暗地之后，赢了的绝对是我方。打了人是不敢回家的，那些城市孩子特别金贵，丝毫不讲战争规则。只要打了架，他们的父母一定拉着孩子找上门去告状，被我们蔑称为"护犊子"。农村孩子皮糙肉厚，即使被打得头破血流，父母不但不去找，反而会幸灾乐祸地说："活该，谁叫你惹人家，打死活该。"娘对打架更是深恶痛绝，明令禁止我们打架，更不允许仗着人多欺负人家，违反规矩的后果很严重。小哥打架后通常是趁告状者还没上门就骑着马名正言顺地放牲口了。我打架后没地方躲，就主动请缨帮家里喂猪的小伙伴去挖猪菜，小爽和小花家里的老母猪那么能下猪仔，起码有一半功劳是我的。多年后只要同学聚会，我就跟在她俩后面讨要当年挖野菜的工钱。

到不得不回家的时候，心里忐忑不安，偷偷观察着娘的脸色。她越沉静，就预示着暴风雨越大。等大家都小心翼翼地上了大炕，她就开始运用一贯的偷袭战术——请君入瓮：屋门一关，插门的门关子一抽，炕上立马响起一片"不敢了，再也不敢了的"的求饶声，因为谁也估不透到底是谁闯的祸东窗事发了。娘这一招很高明，不出一声杀敌于无形，那在武林中就是已经练到了最高境界，用剑气杀人，而且常常有意外收获。

只是娘体会不到这一点，往往是战果越辉煌，她越愤怒。

时隔三十多年，在老友聚会时，控诉我当年"恶行"的批斗会常常能引起好多当年被压迫者的共鸣。她们称我的"罪行罄竹难书"，报复性地回忆着我当年的可憎面目，奇怪着时光对我的改造。其实，多年的光阴，足可以让一个野丫头完成心灵的美丽蜕变，当日的"野蛮"源于对生活的无知，今日的沉稳同样源自于对生命的虔诚。

圈地运动

莫言说过"我们的村庄不说话却深刻",我说:我们的村庄也不会说话,却很嚣张。

我们村是大村,众多闻名四乡的集市、机关、医院、学校的驻扎让村民很有大村的优越感。牛庄人有种阿Q的自大心理,很瞧不起外村,认为西乡人太油滑,东乡人太土气,南乡人嘴太笨拙,去北边直接称呼为"下洼",简直可以叫"中国牛庄"。

小时候村里最盛大的节日是放电影。老师们通常会善解人意地提前放学,好让孩子们圈地看电影。

所谓的"圈地运动"虽没有八旗子弟骑马圈划土地那么嚣张,但其气势上也有异曲同工之妙。我们用砖头、瓦片,再高级点的用白石灰,心里估计着自己家里能来多少人,灵活地圈占着自己的势力范围。这规矩是约定俗成的,村里人都心有灵犀。只要一看被圈的痕迹,就明白此地已名花有主,自觉地挪一个地方画圈,绝不侵犯。当然,如果家里人来全了,而势力范围还有空,通常会大度地允许其他人进入。也有例外,村里的光棍就不太讲究绅士风度，但大家都不计较。一来我们小孩子惹不起他，二来他那种全世界人都对不起他，他也瞧不起全世界的通身气派也让人肃然起敬，就由着他蹲哪是哪。也有不服气的，往往会引发一场战争。外村人老远来牛庄看电影，会缩头缩脑，不敢占地方。正面没地方就看背面，不看字幕，效果是一样的，本村人是不屑于看反面的。

正片开演之前，会先放一段科学普及，一般讲些种子的发芽啊、母猪的产后护理啊等等。村人称之为"假演片"，没人去关注。这混乱的时候，大家都会评论一番谁家的位置好，谁家的孩子能干。在这种公正严明的社会舆论监督下，评选出的"花魁"多数是小哥。其他孩子虽然心里不服气，但也不敢抗议："他今天下午根本没上学，早来划下的"，因为抗议的结果，必是一场混战。

电影《武当》一播放，孩子们全都热血沸腾起来，不管干什么，不时嘴里来一句："东方旭，站起来！"我和小哥从此立下当大侠闯荡江湖的凌云壮志。练武要从小打基础，这点我们清楚，关键是行头的配备颇费一番心思。绑腿的沙袋好办，撕了小哥的秋裤，用裤腿装满沙子绑在腿上，以待来日解下绑腿就能飞檐走壁；偷来条长枕头把糠倒掉，装上沙土吊在东屋里，日夜用拳头捶，用脚踢，只差用嘴去啃了。后来娘找不到枕头，三哥告密，沙袋被没收，我们还被揍了一顿。鉴于娘实在惹不起，偷毛巾包沙土练铁砂掌的计划落空，改成每天拍大槐树二十下来代替。小哥江湖经验足，不时打听来一些套路，如双风贯耳、黑虎掏心、白鹤亮翅等绝招，我们就干劲冲天地练起来。

每天我们准时起床练武，从不赖床的奇迹归功于前邻的"水袋哥"。"水袋哥"七十多岁，扎着长长的马尾辫，时尚不亚于现代派艺术家。他以属鼠为荣，所以生平最恨卖老鼠药的。他用油粘纸自制了一个大喊话筒，每天五点像闹钟一样准时地爬上他家的屋顶，风雨不误。一句抑扬顿挫的咏叹调"哎——打倒卖老鼠药的"拉开了村里新的一天的序幕。"闹钟"一响,四姐妮儿她们赶紧起来上早自习,各家的屋门相继打开,我们也在院里热火朝天地练开了。爹如果不出门,会偷偷隐藏在门帘后面乐,有时也通报一下娘的动静。"水袋哥"喊累了,也会在屋顶上蹲一会,边休息边观赏我们的飒爽英姿,积蓄力量后就继续"哎——打倒卖老鼠药的"。

当小哥淘到一条锁自行车的铁链子拴在腰里有了"七节鞭",我捡了条铁丝有了"软剑"后,我们就正式开始闯荡江湖了。

从此,江湖风起云涌。

行走"江湖"

现在流行"人心即江湖"的说法，表达出快节奏生活旋律下，人心的复杂难测。我所说的"江湖"单纯至极，就是童年那一望无垠的田野、麦场，整日游荡在广阔的天地间，童心会变得至纯、至真。

好斗是小孩子的天性，小时候总有打不完的架。没有什么目的，也不为什么实际利益，打架就是打架，相当于游戏，很纯粹。村与村要开战，同村不同胡同要开战，男孩女孩也要开战。可以说，各个年龄段的孩子为各种级别的"开火"整天忙得不亦乐乎。

我那时相当勇猛，最辉煌的一次是把卫东、向东双胞胎兄弟打得落花流水。三十多年后，同学聚会上向东笑着抱怨说："当年你抓得我毁容，害我差点娶不上媳妇。"邻村开战往往是与东隋村的战况最激烈（他们村大），与解家村的战绩最辉煌（他们村小）。开战时，各派通常会采取"停止内战，一致对外"的策略，团结在以小哥总司令为中心的村中央周围，高举"牛庄主义"的旗帜，对"阶级敌人"展开"围追堵截"，嘴里还齐唱着"军歌"：

解家的，靠河沿，
捞杂草，变螃蟹。
掰你的腿，扒你的盖，
问你姓解不姓解？

不知道谁编的，还很讲究平仄押韵，大有《诗经》里民歌的韵味。

两个村子的总司令身先士卒，站在围墙高处亲自督战，通过副官传达自己的命令，操纵着战场的局面。经过艰苦卓绝的战斗，我村赢得伟大胜利。然后清点阵亡人数，交换俘虏，达成了下一次战斗的协议，指定了下次战役的时间。在战场上开出的友谊之花分外香，小哥后来和两个村的司令官解国防、隋团结都成了莫逆之交。

烈日炎炎似火烧的午后，我们几个孩子会在麦场上大汗淋漓地玩"灌夹巴，送小饭"。"灌夹巴"是个技术活，用瓶子灌满水，趴在地上仔细寻找，发现很细小的洞眼，就迅速把水灌进去。尾巴上带着钳子的小虫慌慌张张一逃出来，我们一把逮住，狠心地拔掉它们的小钳子，找根很细的麦秸插在它屁股上，让它拖着长长的麦秸四处逃，我们趴在地上追，美其名曰"给新媳妇送小饭"。

玩腻了，正发愁玩什么时，解家村两个梳着大辫子的姑娘推着小推车，车上捆着两堆草过来了。我们立刻瞄上了她们，耍赖皮地围在车前不让她们走，"因为这是我们村的麦场"。无奈下，她俩卸下草来。我们爬上车，左右各坐上一个，让她俩推着我们转圈。玩够了，才心满意足地放她们走了。现在想想，那两个姑娘真老实，以她俩的个头，一屁股就能把我们压扁，估计当时是"人仗村势"沾了光。

当穿行游荡在村落、田野上时，我们也创造了各种美味零食。

骑在树上，嫩嫩的榆钱一把一把往口里按，清甜清甜的，下树时撸一口袋，拌上玉米面蒸着吃；槐花又美丽又甜香，是我们的最爱；槐树种子也能吃，剥开挖出种子，种子皮里有一层薄薄的透明的膜，味道不苦也不甜，吃多了头会疼；榆树皮也能嚼上半天，嚼得像一团糨糊。三姐曾经因为分不清榆树和槐树，把槐树皮剥了吃，差点把三哥毒死（有东西她是先让着三哥的）。四姐和小哥也曾因吃了大量蓖麻籽而中毒，差点为贪吃送了小命。

我们在田野上一现身，就像来了蝗虫群一样，有看园子的恨恨地骂我们"鬼子扫荡"。韭菜见叶子就采，刚刚如纽扣的小茄子在劫难逃，哪管它涩不涩。白菜叶子、嫩豆角统统入口，辣椒也咬一口，尽管辣得泪水直流，玉米粒、麦子粒边走边往嘴里搓，玉米秸秆要挑根部红色的，水分多还甜，胃口好得恨不得土坷垃也啃一口。

晚上拿好瓶子，到地调指挥部的路灯下照"瞎眼碰"（一种带甲壳的飞虫），照刚出土的蝉的幼虫，下过雨用纱网逮"蚂螂狗子"（蜻蜓的幼虫），逮蚂蚱，抓青蛙，扔在咸菜缸里一泡，用油一炒，香得能把舌头也咽下去。

那时整天游荡在"江湖"上，肚子吃得鼓鼓的，却没有一个胖子。那时的快乐真纯粹，真简单！

而今，看到孩子们背着沉重的书包奔走在各类辅导班的路上，吃饭时面对精致多样的饭菜，懒懒伸筷没有吃的欲望，在花样日新月异的娱乐游戏中却依然感到寂寞。真想问问："孩子们，你们快乐吗？"有时会猜测，他们这一代在回忆童年时，会写些什么呢？

其实，人各有各的幸福，各有各的疲倦，各有各的辛苦，也各有各的回忆。只要能静下心来，就读得清自己的内心，梳理好自己的回忆，我也许是杞人忧天了！

这样一想，耳边传来长空雁叫，天，是真凉了。

打架风波

  我上小学二年级时，有幸和界儿一个班。界儿比我们都大两岁，是个老留级生。因为二年级留了两级，对班级、老师都很熟悉，所以眼眶很高，敢顶撞老师，看不起又矮又小的我们，更看不起学习好的学生，在班里算是响当当的人物，有着鹤立鸡群的骄傲和矜持。

  那时候刚流行泡泡糖，几乎每个人一下课就比赛谁吹的泡大，上课了也不舍得吐掉，依然在嘴里悄悄嚼着。等我们把嚼得一点味都没了的泡泡糖扔掉后，界儿就都捡起来，积少成多，有小孩拳头那么大，黑乎乎的。他熟练地像拍饼子一样把它拍得像纸那样薄，蒙在嘴上，"呼"猛力一吹，吹的泡有气球那么大，"啪"破了就把他整个脸都包住。在我们的惊呼和羡慕声中，他骄傲的像个万众瞩目的王子，享受着臣民们的朝拜。然后摆摆手，在我们安静下来后，再吹一个更大的泡泡，引来更高的欢呼声。

  玩得时间太长，泡泡糖就很干了，他毫不在意地塞进嘴里拼命嚼。由于太大，他不得不调动脸部每一块肌肉来配合咀嚼，像一匹老马在嚼草料，嘴里发出"咯吱咯吱"的响声，看得我们胆战心惊，不由自主地跟着他的咀嚼吞咽唾沫，伸缩脖子，担心他一不小心喉咙被堵住而噎死。冬天教室玻璃上有结了冰的窗花，界儿常常把舌头贴在玻璃上，然后大喊："哎呀，我的舌头粘下来了。"引得大家纷纷去尝试粘舌头的感觉。老师抓住后，常常揍带头的他。他皮糙肉厚，往往老师越打他越做鬼脸，有时把老师也气笑了，打累了就算了。

在我们盲目崇拜的危险氛围熏陶下，界儿习惯了在班里的君主地位，更加妄自尊大起来。有一天，竟然公然挑战小哥，挑战的结果就像拿破仑滑铁卢战役一样，惨败得一发不可收拾。战败的界儿犹如困兽，怒气冲冲地回到教室，报复性拿起我新买的铁铅笔盒，狠狠地砸在了我头上。

受到突然攻击的我茫然不知所措，在同学们的大叫声中，才知道头破了，但茫然间竟然感觉不到疼痛。从小久经沙场的我没哭也没叫，很镇定地背起书包，也没向老师报告一声，悄悄地回家了。

回到家，娘正在蒸她那永远也蒸不完的窝头，看到我回来，理都没理，丝毫不好奇为什么没到放学时间我就回来了。我叹口气，把流着鲜血的额头伸到她面前，耐心地提醒她："娘，界儿把我的头打破了，你是不是该领着我找找他娘去？"娘头也不抬："活该！"我的愤怒和委屈突然找到了宣泄点："别的孩子只要和我们打了架，人家的娘就领着来咱家找，你就打我们。为什么我们挨了打，你就不去找他的娘？"

娘还是在锅台前转来转去，一边忙着把蒸好的窝头装锅，还不忘嫁祸于我："一个巴掌拍不响，你不找事，人家能打你？"随便用沾满玉米面粉的手拿块碎布摁在我头上，没好气地说："自己捂着"。一看在她这里讨不到半点公道，我只好绝望地放弃，气鼓鼓地坐在大门槛上等小哥放学。

这一等，等得我望眼欲穿、摇摇晃晃、昏昏欲睡，几乎忘了等待的原因，才看到他脖子上挂着书包一步三晃地出现在胡同口。我立马清醒过来飞奔上去，先是拳头一阵乱捶，再让他验额头上的伤口，厉声责问他："娘又不管，界儿又比我大那么多，我打不过他，都是你的事！你要为我报仇！"

　　小哥一看我的伤口，急了，书包不等落地就没影了。下午界儿没来上学，听说他俩之间展开了一场令天地黯然失色的混战。界儿又大败而归，自觉很没有面子，从此专心在家收兔子、狗，成为附近很有名气的烹饪专业户。大家在排队买兔子肉、狗肉时，都喜欢和他开玩笑，说如果不是小军的功劳，估计界儿得把二年级坐穿了。

　　被开着玩笑的界儿并不恼，呵呵笑着："那时还小，那时真好！"

梦里烟花依旧

　　通常一入腊月，就有了过年的气氛。喝完腊八粥，腌上腊八蒜，主妇们就拉开架势准备迎新年了：洒扫庭堂、拆洗窗帘、灌腊肠、炸鸡鱼、炸藕合、买新衣……虽然忙碌却人人享受那喜庆的烟火气。人届中年，我依然像小孩子一样有着期盼新年的急切。

　　回忆曾经的童年，虽然贫穷，但快乐丝毫未受影响，小孩子对新年的期盼几乎到了魂牵梦绕的地步。腊月二十三家家"扫屋送灶"，母亲用围巾包着头指挥着我们合力完成"扫屋"的宏伟大业。小孩子的精力是无穷尽的，整整一天我们忙着搬运、擦洗、摆放家具杂物，不时伴随着一声惊喜的呼喊，准是失踪好久的东西被意外地发现了，如母亲黑色丝绒帽子上的翠绿的玉，被我偷偷揪下来玩耍的银纽扣……或者趁此机会摩挲一下母亲陪嫁的珍藏，比如那件美得不真实的绣花绸缎被面（大舅是当时村里有名气的珠宝商），不时被呵斥"别乱动，当心弄坏了"。这一天好多小孩子跑腿累得晚上尿炕。

　　扫完屋摆放完家具后，昏暗的土屋立刻宽敞明亮许多。我们开始贴窗花、贴年画。打一盆面糊糊，在窗棂上糊上崭新的窗纸，把母亲剪好的各种各样的窗花贴在雪白的窗纸上，把赶集买的年画张贴在屋子最显眼的位置，于是牛郎织女、孟丽君、女驸马、抱鱼的胖娃娃、贾宝玉和林黛玉、石油工人等人物欢欢喜喜地在我家墙壁上大团圆了。装扮完毕，屋子里立刻呈现出一幅热热闹闹、花红柳绿的欢乐气氛。

年三十晚上在我们的焦急期待中终于来临。无论多穷的人家，年三十晚上一定要吃顿白面饺子，吃饺子在那时的农村相当隆重。除了家里有在外面工作的或是家里有特别重大的事情，普通人家平时很少有如此奢侈的。积攒了一年的白面往往只有在过年时才拿出来，再割上两斤猪肉，膘子越肥的越抢手，不像现在肉越瘦越好。缺腥少油的肠胃也只有在这时才能满足一下吃顿带肉的白菜饺子的愿望。

等到饺子煮到该往碗里盛的时候，二哥就从灶下抽出还未燃尽的柴火，开始"叫年蛾"（牛庄方言读"wo"），表达对新年的美好期盼。小哥拿着挂好的鞭炮在旁边等着，我在旁边兴致勃勃地听。二哥唱歌般念叨着："年蛾，年蛾，收花不收虫"。秀芝的大哥刚结婚，他念的是："白闺女，黑小子，都来俺家里穿袄子"。说来也真灵验，后来他生的儿子东东果然皮肤黑黝黝，壮得像个铁塔，女儿宁宁却有城里人那样雪白的脸蛋。二哥结婚后，分家过日子，就由三哥负责叫年蛾，三哥嘴笨，业务不熟练，慌忙紧张中念成："年蛾，年蛾，光收虫子不收花"。被母亲狠狠骂了一顿，全家人提心吊胆怕应验，然而，第二年棉花的收成却也没见有任何变化。只能猜测是神仙大度不和三哥较真。

等三哥完成仪式，小哥就点起鞭炮，村里开始此起彼伏地响起震耳欲聋的鞭炮声。鞭炮一放完，孩子们就冲上去，抢着没有燃着的鞭炮。放完鞭炮，三哥拿个拦门棍横放在门楼里，预示着挡住一切鬼怪和邪恶的东西，全家这时才拉开架势吃饺子。日子窘迫没有压岁钱，大人通常会包几个放上硬币的饺子，刻意盛在孩子们的碗里，一咬嘎嘣响，惊喜得大叫，也许是一分，也许是二分，都是不小的财富，能买到一根玉米做的长糖酥棍。

吃过香喷喷的饺子之后，女孩子们开始换上新衣。小哥性子急，三十上午就迫不及待穿上了，经过一天的狼蹿此时已经面目全非了。穿了新衣，提了各自的灯笼，女孩子们陆陆续续在我家的门楼里集合了。人全了以后，开始排着队打着灯笼在早已敞开的各屋里照，嘴里唱着"东屋里照，西屋里照，蝎子蚰蜒都上庙"来驱赶蛇虫鼠蚁。先照我家，依次是秀芳、荣华、金玉、秀儿等家。

在女孩子们打灯笼照屋的时候，小哥带领着他那帮可恶的虾兵蟹将们开始捣乱了。他们会躲在阴暗处，在我们经过时突然跳出来，冷不防把一个个小摔炮扔到我们的灯笼里，只听"啪"的一声，外面糊的灯笼纸着火了，心爱的灯笼眨眼间只剩下孤零零底座上的两根铁条和手里的铁把。痛苦愤怒地看着男孩子们那得意可恶的嘴脸，恨不得咬下他们一块肉来解解恨。沮丧地提着没外罩的灯笼，此时我们最羡慕秀芝了。她家的灯笼与众不同，和电影《白毛女》中狗腿子穆仁智提的一模一样（马家祖上是大财主，在几经运动后已经一穷二白，唯有透过这个灯笼还能依稀窥到当年的富贵奢华）。她的灯笼又圆又大，外罩是用细密的铁丝编织的，她三哥老胖有时抡着灯笼呼呼转圈也没事，烧着了也不怕，回家再糊上一层塑料纸又得意洋洋提出来了。不像我们的外罩是用高粱杆皮编的，糊上一层薄如蝉翼的塑料膜，有人在后面突然恶作剧喊一声"灯笼着了"，惊慌中一低头，火苗一斜，真着了。

除夕晚上当大人们伴着油灯聊天守岁时，当闪烁的繁星密密镶满丝绒般的夜幕时，我家门楼里的演唱会也拉开了序幕。铁丝上挂满了劫后余生的红灯笼，那是舞台灯光，演员是全村的小姑娘。大几岁的玉琴和四姐是导演，带领我们表演杨门女将，一切准备就绪，扮演穆桂英的玉琴开始喊："丫头们！"

"呦"我们严格按排练程序齐喊。

"把灯笼给我举得高高的！"她又吩咐。

"是！"

"烧火的丫头杨排风！"

"在！"……

表演紧锣密鼓进行着。小哥和他的喽啰们在外面野狼般嚎叫着，玩着属于男孩子的游戏，偶尔扔进一个鞭炮吓吓我们，引来一片骂声。演完《杨门女将》，再演《马兰花》，然后我们把所有知道的歌曲都唱一遍，好在人人都既是观众又是演员，唱啥倒也不计较。齐唱时气势太雄浑了，屋里聊天的大人说话听不清，就会有人大吼一声"小声点儿"，我们不理，反而挑衅性的声音更高更大。演唱会闭幕后，没有玩够就男女混编继续捉迷藏，家家都大开门户，有的是躲藏的好地方。

当夜已深沉，再不回家大人们就该骂了，像世间所有美丽的夜晚一样，结束时大家都抱怨它如此短暂。于是，我们提上各自的灯笼恋恋不舍地各回各家，各找各妈。然而，这个美丽的夜晚已经在彼此幼小的心灵里深深扎根，酝酿成温暖我们一生的灿烂和辉煌。

玩累的孩子们很快进入了梦乡，在每个孩子甜甜的睡梦里，新一年希望的种子已开始悄悄萌发，带着旧年的烟花气息，依稀已长出了嫩嫩的枝芽。

土裤生涯

> 那一年，我磕长头拥抱尘埃，不为朝佛，只为贴着你的温暖。
>
> ——仓央嘉措

不知什么时候，烈烈西风收敛了料峭的寒意，拂面之间，让人感到丝丝暖意。正如我每每沉浸于往事时，面上是含笑的，往事带给我的那种贴心贴肺的温暖，让我幸福犹如睡在温好了的沙土中的婴儿。

我们这里的农村孩子，几乎都有一段长长的穿土裤的生涯。谈到土裤，是我们这方土地独特的风景线，它的功效简直伟大，发明者可以申请吉尼斯记录了。我们这里是盐碱地，土壤沙化，对种庄稼来说是大害，所以村子收成不好，穷。但沙土用来装土裤最好不过。村人们在大坝上扫些土，晒干了，用细筛子筛出其中的草木屑和土坷垃，就会白亮如银。晚饭后，舀上一砂锅土，放到刚熄灭的火灰中，待临睡时倒入用老粗布缝的大口袋里，细细地铺匀，把孩子脱光后放进去，肩头各用细带子系紧，像不分腿的背带裤，因此叫"土裤"。

小孩子在里面，又暖和，又不怕尿湿，相当于原始的纸尿裤。沙土很细腻，小孩子一夜安眠，大人睡得也沉稳。白天也用，大人上生产队干活，婴儿无人照看，通常也放土裤里。曾经村里有个孩子由于大人外出时间太长，口渴，爬到水缸边想喝水，结果一头扎进水缸溺死了。

小哥从小有魄力，他后来在商场上指挥若定的风度，据说在土裤中就已露出端倪。二姐调侃说："小军从小就能干，早上起来自己解开袋子，钻出来，再自己背着土裤去倒土。"由此可证明他有多长的穿土裤历史。听大姐说，有一次，小哥拖着土裤从大炕上掉下来，往门口爬，土裤太沉重，系得太紧的带子几乎勒断他的脖子。难怪他脖子又细又长，敢情是土裤的功劳，这一点倒与太平洋岛上某些土著部落的女子为了显得脖颈修长，在上面挂上重重的饰物有异曲同工之妙。

我是家中老幺，因而最受宠，穿土裤历史虽然不长，也属于"在土裤中就打天下"的淘气包。由于娇惯，从小养成个坏习惯，睡觉醒来好有一段起床气，先看看四周，然后张嘴就哭。我一亮嗓子，哥哥姐姐纷纷逃跑，只有小跟班秀芳、金玉、秀儿忠心耿耿地站在一旁很耐心地等着我哭。等自己都哭得觉得不好意思了，然后收声，开始计划该找点什么事情干干，这时候无论计划到什么，被想到的绝对该倒霉了。

生了璐儿后，她一睡醒，家人就紧张地观察着，结果她嫣然笑了。大家松了口气，庆幸地说："幸亏不像妈妈"。我讪讪地笑着："大家记忆还是挺好的啊，看来纸尿裤就是比土裤舒服。"

细数着童年的快乐，我就像吝啬鬼一样摩挲着心爱的金币。我那穿过土裤的战友们啊，你们是否如我现在，心底涌起的是那"故乡何处是？忘了除非醉"的深深眷恋？

没鼻子老六

> 记忆的梗上　谁不有
> 两三朵娉婷　披着情绪的花
> 无名的展开

　　常常提醒自己，别忘记幸福的模样。它像冬日里的阳光，只是看着，心里就会觉得暖洋洋。累的时候，喜欢翻出它们，抖抖那些被遗忘的褶皱部分，慢慢熨平。幸福的星星之火可以燎原，就像儿时草房子的背阴处，爬山虎开出满墙的春天；也是儿时老六的菜园里，辣椒花见证的荒唐的童年。

　　那时候，生产队干活有个特点，统一行动听队长指挥。但有一人除外，就是"没鼻子老六"。他拥有一块自留地当菜园，以卖菜为生。听村里人说，他可能是全国唯一的单干户，因为他太吓人了，没有哪个生产队愿意要他。他的整张脸都是烂的，鼻子干脆就是一个窟窿，平时用块黑布蒙住脸，只留两个红红的烂眼睛看事，大家都绕着他走。只要小孩子不听话，大人最拿手的杀手锏就是"再不听话，让毛猴子拉了去，咬得你像没鼻子老六。"我们立刻乖乖做出合作的姿态（现在想想，估计是麻风病）。

怕虽然怕，但他的菜园太诱人了。火红的辣椒、嫩绿的韭菜、紫莹莹的茄子、小孩胳膊那样粗的黄瓜、金黄的胡萝卜……在那个物质匮乏的年代里，他的菜园无疑是个宝藏。所以，无论大人如何恫吓，胆大的孩子仍然跃跃欲试，趁他不备，拔根萝卜或扯把韭菜就逃。他一旦看见就跳着脚追，边追边骂，骂人的花样繁密如他园里盛开的花。

经过多次侦查，在一个他放松警戒小喝一杯的下午，我和小哥在四姐的带领下，成功地钻进了他的菜园。地里可能刚采摘过，可吃的不多。我们的眼光瞄上那些刚落了花的小茄子，边咬边摘，很涩很苦的就随手扔掉。正当我们匍匐前进时，衣领被人抓了起来。不好，我们三个被发现了，四姐撒开腿像只兔子跑没影了（这个叛徒，不讲义气）。

我和小哥被活捉了。"没鼻子老六"那狰狞的烂脸气得全变了形，拿条绳子把我俩背对着背绑在一棵树上，然后跺着脚骂，眼泪、鼻涕、唾沫星一起迸溅。我吓得大哭，哭得几乎断气，小哥也吓得半死。四姐回家悄悄告诉了爹。爹飞一般赶来，一看我俩吓得那样子，心疼得骂起来。事后如何赔偿我们不晓得，当时只是感激四姐通风报信，庆幸赶来的是爹。如果是娘来到犯罪现场，发现我们这样祸害人家，恐怕会嫌"没鼻子老六"没魄力，干脆自己动手拿张铁锨把我俩就地正法活埋当肥料了，对这一点，我们坚信不疑。

平安回到家后，我俩拉钩发誓，爹够仗义，以后再也不欺负他了，他的话保证句句听。可惜，一觉醒来，誓言就留在梦里了。

家有老父

"你可是又在村口把我张望，你那一双老花眼，是否又把别人错看成我的模样？"每次听到这首歌，都禁不住感动地落泪。谁没有站在村口盼儿女归家的爹娘？谁不把那永恒张望的姿态在心灵的钢板上铸成最经典的雕像？

2012年农历腊月二十三，鹅毛大雪纷纷扬扬地下了一天一夜。厚厚的积雪阻住了多少匆匆回家过小年的脚步啊？给爹打电话，意外得知哥哥们在陪爹喝酒吃饺子。此时的小哥应该在千里之外的蒙古出差才对啊，可能他怕爹冒雪出去张望未归的儿子吧？他大概忘了，小时候可是他最不听老爹的话的。

爹年轻时是四乡里有名的车把式，爱交朋友、爱喝酒、爱马如命。爹对马的了解程度，完全可以与伯乐媲美。农村人买个牲口是天大的事，凡是买牲口的都盼望着请爹帮忙掌眼，爹很受欢迎。那时村里人称他为"经济"，相当于现在的"顾问"。我俩跟在后面，自然沾光不少。

爹整天笑咪咪的，性子很好，是个好好先生。爹心软，见不得别人受苦，经常瞒着娘把家里东西拿去接济那些更穷的人。娘不舍得吃藏半天的面食常常不翼而飞，借出去的钱从来没见还过，为此他挨了娘不少埋怨。娘是小脚，毕生的事业是围着锅台转。爹要出门挣钱，是家里的经济支柱。我们有时埋怨爹很少抱我们，爹最常说的就是"你们一个个跟燕儿似的张着嘴等吃的，我得像老燕子出去打食啊。"爹出门是大事，娘会张罗好一点的饭菜，但爹常常是一转身就递给了跟在他屁股后面不断咽口水的我们嘴里。

爹出门回来，会喝上一壶。我和小哥像小狗一样围着他转。爹会从怀里掏出个纸包，一层层剥开，或是几个肉包子、或是半块白饽饽、或是一块长果麻山（现在想来可能是花生糕）、或是两粒糖……记忆里，爹的怀里有个潘多拉宝盒，什么都会变出来。我们赶紧甜甜地喊爹，吃在嘴里，舍不得往下咽，香得几乎牙都掉下来。成年后，却再没吃过什么东西会有那记一辈子的香。爹喝上一壶后，就会唠叨起他出门的经历。但由于我们挂记着自己疯玩的事，哪有功夫听他讲，好吃的一到手，耐心也就随着咽下去了，估计爹再摸不出什么后就一溜烟跑了。爹不生气，光乐。

那年，天出奇得热，我们在池塘里扎了根。远远看到爹的马车又要出门。小哥一个猛子不见了人，反正淹不死他，我也没在意。到了晚上，粗心的娘也没点点是否少了孩子，就那样过去了。几天后，爹出门回来，带回了个崭新的小哥，新背心、新短裤、新凉鞋、新理的发。他那得意洋洋不可一世的样子把我羡慕得嚎啕大哭。

听爹说，他一直到了广饶县城，喂马时才发现了躲在马料桶里的小哥。当时也轰不回去了，只好给他买了衣服带着出门了。小哥回来后，很是神气了几天，一个劲吹嘘他吃了什么，见到了什么。看他那得意的嘴脸，我恨不得咬他两口。他神神秘秘地告诉我，黑地洼（地名）有多么多么黑，黑得大白天马都看不见路，多亏了他打着手电筒帮忙才过去。还有一只肥兔子如何看不见，撞在了车轮子上，而他竟然不屑于去捡。因为到处是撞死的小动物，捡不过来。恨得我用小拳头拼命地捶他，骂他不会过日子，有好东西不知道带回家；骂他不够义气，有好事也不带上我。他抱着头边躲边许诺"下次一定带上你"。爹在一旁嘿嘿直乐，也不揭穿他，任他胡吹海侃。

有时候，我淘气得很不像话了，爹就会威胁我"再不听话让计划生育的抱了你去。"我就会老实上半分钟。听大姐说，我小时候就已经开始实行计划生育了。但由于刚刚执行，村里人很看不起主管具体工作的人员，很不合作。那时娘刚怀了我，计划生育工作人员还没进门，就被爹骂走了。我因此获得了生存权利，所以爹是我的救命恩人这话不假。爹威胁的次数一多就不管用了，有时当他一瞪眼说"让计划……"我立刻接过话题："你告诉我计划生育的在哪儿，我自己去交上我自己。"他就不吭声了，我用儿童狡猾的眼光看着他，他爱我，才舍不得呢！我走了，谁给他捶背？

说到捶背，我和小哥一直认为爹是铁背。娘一天忙下来，累得腰都直不起来，姐姐们赶紧给她揉搓。我和小哥觉得好玩，就主动请缨给爹捶。我俩轮流上，用练过铁砂掌的手掌搓。爹说"用力点"，我们立即改为用拳头捶、用力拧、砸，只差用脚踹了。无论使出怎样的绝招，爹总是笑着说"用力点"。我们满头大汗后，边佩服着爹的铁背，边撤退了。任他再叫也不回头，爹笑骂"小兔崽子"。

喜欢海子的诗：从明天起，做一个幸福的人，喂马，劈柴，周游世界。从明天起，关心粮食和蔬菜。我有一所房子，面朝大海，春暖花开……

其实，父母就是我们心中那所面朝大海的老房子。在外打拼累了的时候，只要停下脚步回望一眼，我们的世界啊，顿时会春暖花开！

耳边有歌声在娓娓低诉"常回家看看，回家看看，哪怕帮爸爸捶捶后背揉揉肩，老人不图儿女为家做多大贡献，一辈子不容易就盼个团团圆圆。"

天下的儿女们，一定要抓紧时间尽孝啊！趁我们父母健在的光阴！

游击战

> 我心里有猛虎在细嗅蔷薇
>
> ——（英）西格夫里·萨松

我们的村庄比邻油田，因此颇有近水楼台先得月的优势。四十年前牛庄人很洋气的几件事被外村所羡慕着：喝的是自来水而不是黄河里灌溉的水；能随时进大澡堂洗热水澡；有当时最大的供销社商店；能经常看电影。因了这几点，我们被称为"街道上的人"。

看电影是最经常的，村里半月放一次，地调指挥部每周放映。所以，一到周五，我、小哥、四姐就紧张地关注着二姐和三姐的动静。二姐和三姐鬼鬼祟祟的，说话都压低了嗓子，一派阴谋诡计的样子。我们三个提高警惕，随时监视着她们的一举一动。

果然不出所料，一放下碗筷，她俩就飞快地往大门口跑。我们立刻马不停蹄地紧随其后。眼看距离越来越小，二姐停下了脚步，善良的你可能以为她会同意我们跟着了，战斗经验极其丰富的我们可不上当，这家伙鬼着呢。不出所料，二姐开始捡起土坷垃向我们"开炮"，最可恶的是边扔嘴里还边喃喃念着咒语"瞄瞄准，专打小狗腿"。我们沉着冷静地躲避着飞来的"暗器"。敌人的"火力"很猛烈了，就往后退让几步。我们一退，她俩抓住战机，立刻像飞毛腿导弹般射了出去，我们就再紧追其后。这样边战边退，边退边追，没有一方想要妥协，主动让步。后来学习我军历史，背诵"游击战策略"：敌进我退、敌退我进、敌疲我打、敌逃我追，才骄傲地知道这种非正规、最难对付的战术原来一直被我们灵活运用着。

三姐面慈心软，不忍痛下杀手，往往帮我们求情："二姐，带着他们吧！"二姐也被不屈不挠的我们累得筋疲力尽，就让步说："好吧，这是你同意的，散了电影别找我。"斗争取得最终胜利，我们欢呼雀跃。

于是，在看电影期间，三姐忙得不亦乐乎。一会抓回这个找水喝的，一会抓回那个跟人打起来的，还得时刻提防刚抓回来的不知何时又溜走了，忙得她焦头烂额，根本不知道电影演了些什么。最可怕的是放完电影后，一个个困得东倒西歪。这时候二姐幸灾乐祸的一副"早知道"的神态甩着手自己走了。三姐绝望地抱着、扛着、拖着我们，以红军爬雪山、过草地的悲壮姿势艰难地前行，无助极了就哭，就发毒誓："下次再带着你们，我就是个驴。"不过，到了下次，"驴"仍然会带着我们。

二姐不但不伸出援助之手，反而会落井下石。当三姐挣扎在挪移回家的征途上时，她利用早回家的优势充分地化起妆来。戴上娘的黑色丝绒帽子，披上白对襟褂，伸着长长的舌头，藏在角落里，村里死了谁她就扮演谁。在胆小如鼠的三姐经过时，突然跳出来："我是梅的奶奶。"三姐一害怕就发高烧，她一发烧，娘就知道是二姐的"功劳"，就会揍她。自然，我们与三姐更亲近些。二姐有时吃醋，喃喃地骂："狗腿子们还记仇。"我们哈哈大笑，笑声温暖着我们整个幸福的童年。

猛虎细嗅蔷薇，陌上花开缓归。其实，我们每个人的内心深处都穴居着一只猛虎。当我们忙碌而远大的雄心偶尔被虎穴外那温柔和美丽的蔷薇折服时，被回忆中那陌上开得一树一树的繁花所倾倒时，朋友，请停下你匆匆前行的脚步，安静地回望过去，去看看、去嗅嗅，任你再怎样的豪情满怀，胸中依然会有一份清淡灵动，依然会有美丽花朵启颜开放，那香气会染醉所有静好的岁月！

谋杀枣红马

父亲年轻时是四乡里赶马车最有名的好把式。那时的车把式没有驾驶执照，也不需要哪个机关来考核，群众的眼睛和口碑就是标准。赶车技术高低的区别在于怎样调教牲口，以及在大车危险的情况下怎样应对。这都需要头脑的灵活、手脚的麻利以及丰富的经验。在所有劳动都凭靠原始体力的农村，车把式算高层次的劳动者了。

父亲套马时最神气。那架势像马戏团的驯兽师，旁若无人地用鞭梢指挥着被他调教得乖乖的枣红马，一鞭子都没打在马身上，就毫不费力地套好了马车。

父亲打得一手很漂亮的鞭子。赶大车的鞭子，皮绳要比鞭杆长一倍半，如垂钓的鱼竿。赶车人技术不过关，鞭梢会扫在坐车人的身上，扫到之处火辣辣的立刻红肿。父亲绝不会犯这等低级错误，他打鞭子技术娴熟，抽背后东西也极准，由于爱惜马，鞭子再准却极少落在马身上。

那时节娶新媳妇最好的交通工具就是马车。父亲为人疏朗大方，又有一副古道心肠，他的马健壮神骏，马具配备整齐漂亮，马车收拾得一尘不染。所以附近出嫁的女儿早早就开始预借父亲的马车,有时结婚的人多,马车定不上,女孩子宁肯改婚期也要排队等。贫困的年代里,属于农村女孩子快乐的日子实在短暂,在这个一生终于能任性一次的时刻,她们无论如何是不肯将就的。

父亲帮人娶亲回来,马车上常常有喜糖、染得红红的生花生、用面模子印的各式漂亮面点,哄得我们欢天喜地的。小时候,无论我们走到哪里,只要报上父亲的名字,会立刻得到那家主妇极热情的招待,理由很一致:"你父亲是个热心人,我结婚时就是坐的他的马车。"那是贫困女人一生中最辉煌、最温暖也最值得回味的隆重时刻。

父亲一生爱马如命,他甚至把马看得比我们都重要。凡看到好马,砸锅卖铁都要买下来。在我们家族光景最好的时候,马厩里同时饲养六七匹马,所以在后来划成分时是很吃亏的。

我八岁那年,父亲在牲口市上,突然发现了一头纯种蒙古马,一见之下立刻倾心,执意要买。在20世纪70年代末期,一千元几乎是天文数字,父亲不顾家人拦阻固执地借了所有能借的债,把马买到了家,这个决定,让父亲后悔了一生。

蒙古马性子凶猛,父亲断定马是被灌了安眠药才如此驯良的,反复提醒我们要提防马苏醒后会发狂。在将近天明时分,马清醒过来,果然野性,它踢飞了拦住马厩的粗粗的木头,在东院里迅疾地跑起圈来,黑黝黝的皮毛亮得像绸缎,眼睛闪亮得像灯泡。全家人吓得撤到西院,锁上东院大门,吩咐一律不许人进去。

十岁的小哥绝不会放过这个千载难逢的机会,他兴奋激动得几乎晕过去。他公然藐视父亲的命令,兴致勃勃地找来一根大粗绳子,一头套个活结,一头握在手里。他骑在墙头上,当蒙古马跑过来时,他就仿照电影中牧人那样套马。在他不厌其烦地试验了近百次以后,终于成功地把绳套套在了马头上。可惜马太烈,他太瘦小,双方实力实在悬殊。马头一昂，只听一声凄厉的尖叫，他如离弦的箭一样被拉下了墙头，我恐惧地捂上眼睛，悲叹《杨家将》里杨三郎被马踩如泥的悲惨命运落在了小哥身上。等我回过神来，胆战心惊地放下手，想通过放声大哭来向世人宣告小哥那惨遭荼毒的命运时，却惊喜地发现他两手叉腰，得意洋洋、完好无损地站在我面前。原来幸运的他被摔在了院子角落，又由于马已经疯跑了一天筋疲力尽，脚步放慢，所以他得以迅速爬上墙头逃出生天。

一家人束手无策，想不出办法该如何把这烫手的山药脱手。第二天，趁家里人外出干活，小哥与我来共商大计："我想出办法了，咱给马灌上安眠药，等它睡了，爹就可以把它卖了。"我一想，好主意！要是办成这件大事，定会叫大家从此对我俩刮目相看，省得整天训斥我们胡闹。越想越兴奋，越想越激动，兵贵神速，我俩立刻马不停蹄地行动起来。

我俩凑上所有的零用钱（在此我郑重声明一下，主要是我的积蓄，小哥嘴馋，他哪有一分钱的积蓄）。小哥拿上零钱兴冲冲买药去了。在我刚刚担心他会把钱买了糖吃，后悔没跟着一起去时，他垂头丧气地回来了，说没有医生的处方，医药公司不卖安眠药。三十多年后回想，如果当初是我，我也不会卖药给他，他那种混世魔王样，一看就不是个省油的灯，如果卖给他安眠药，也许就意味着哪家人有集体醒不过来的危险，谁敢大意啊？

我不甘心，想再去试试运气。一边走着，我一边编出了极好的理由。小时候的我据说在不哭闹、不捣乱时是很可爱的，姐姐们的同学见了我常夸我"像年画上抱鱼的胖娃娃"。我本能地利用这个视觉优势，在审视了一遍所有的店员以后，怯生生地站在了一个胖胖的慈祥的中年妇女面前。

"阿姨，我要买一瓶安眠药。"

"有医生处方吗？"

"没有。"

"不卖。"很干脆地拒绝。

"阿姨，我家有只狗疯了，咬了好几个人了，买药是给疯狗吃的。"我用极恳切的语气乞求着。她看看我诚实天真的样子，最终把药卖给了我。

兴高采烈地回到家，我俩立刻忙活起来。小哥把一瓶药全化开了，拌在草料中，用绳子把马料桶吊着放在了蒙古马面前。饿了很久，以致把院里的树皮都啃光了的马一见草料，立刻狼吞虎咽起来。吃完不久，意料之中，它摇摇摆摆倒下来，从此再没睁开那灯泡一样精光璀璨的眼睛。

接下的日子像梦魇一般，家人集体崩溃了。长期病弱的母亲在沉重打击面前一病不起，姐姐们围着她日日以泪洗面，哥哥们阴沉着脸一言不发地进进出出。父亲整夜围着马转，魔怔似的自言自语"好端端到底咋了？"大哥从广饶兽医站找来最好的兽医，日夜不停地给马打吊瓶，甚至开腹动了手术。在折腾了两天两夜以后，蒙古马没有了一丝气息。

对一个负债累累的家庭来说，这个事件的打击是致命的。原本能卖三四百的最值钱的马皮由于伤痕累累，几乎半卖半送给了挑剔的皮货贩子。马肉由于打针太多，一股子药味，姐姐们用大盆装着四处赶集，以低贱价格处理给了当时很少吃到肉的乡人们。

在那段天崩地裂、不堪回首的日子里，整起事件的始作俑者——我和小哥惊吓得丢了魂、失了语，很长时间不会笑了，甚至连话都不会说了，我们不敢看彼此的眼睛。他戒了四处疯跑、到处打架的嗜好，每天不等天亮就出去放牲口，带着自虐性质疯狂地割草，晚上回来圆滚滚的马肚子上永远驮着比他还大的草个子。我则变得怕见人，拒绝了小伙伴的召唤，每天躲在村中角落，无助地绞着双手恨自己不能立刻消失。在愁云惨淡中，我俩无忧无虑的童年永远消逝了，忧患最能刺激人成长，从此，我俩眉眼间比同龄孩子多了一份沧桑。

毒马事件隐瞒了三十五年，在母亲的病榻前，我向父亲和哥哥姐姐们招了供。母亲最后这次病倒，父亲似乎预感到从此会永别，寸步不离病房。听到我的招供，他的震惊是不言而喻的，他摇着昏昏沉沉的母亲："你听见了吗？听见了吗？是这俩小孩闯的祸，我一直怀疑好好的马咋突然死了，明白了！明白了！"然后对我俩直摇头，"你们啊，你们，当初几乎要了你娘的命啊！"

在大家此起彼伏的讨伐声中，不惑之年的我俩羞愧得不停擦汗，为了那荒唐的从前。

艰难历练

或许，从我们哭出生命的第一声时就意识到人生必定充满了泪水与艰辛。但是，也唯有这些艰难，才能凸显出生命的可贵与不凡。生命因磨难而坚强，亦需要在磨练中成长。拿出我们的智慧，化寒冷为梅香，人生因此而走向美丽。

二姐的经历充分证明了"不经一番寒彻骨，怎得梅花扑鼻香"的命题。

二姐从小胆子特别大，是唯一敢挑战娘的权威的，用娘的话说"胆大包天"。小时候，她和伙伴玩捉迷藏，哪里黑她藏哪里。村后有一片坟地，晚上大家都不敢靠近那里，二姐看好了这个位置。轮到她藏时就躲在事先早相中的大坟包旁，谁能想到她敢藏那里呢？何况就是想到，也不敢去找啊。于是整个晚上，人家玩完一轮又一轮，就她一个人趴在坟包上冻一晚上，心里还得意得要命。有时大家玩腻了，各回各家，也没法通知她。她等来等去，月上中天了不见人影，只好自己走出来，悻悻地回家。

065

《红灯记》里有一句话很贴切"穷人的孩子早当家"。贫困的日子，锻炼出了二姐钢铁般的坚强意志和惊人的魄力。她性格开朗乐观，在看过苏联片后学了一句"面包会有的，一切都会有的"，唱歌般说着，坚信着。她从小调皮胆大，只要从各生产队的田野走过，掰个玉米、掐点麦穗、摘俩茄子、采把豆角，有时还会捧回两把棉花桃子。娘一边骂她，却又无奈地挤出棉花籽，拉长棉绒，把我冬天已经短得露出腿腕子的棉裤再接长一点。因为那时候，什么都靠生产队统一分配，找块棉花实在艰难。

　　二姐聪明，但不爱学习，老想着像其他女伴一样辍学帮家里，苦于娘不同意。三姐笨拙但勤奋，坚信娘的教导——多读书有出息。冬日的早晨，三姐早早起来背古文，"陈胜者、陈胜者……"重复几十遍，"阳城人也、阳城人也……"重复几十遍，上气不接下气地背一早上，一篇古文还没背过。被扰了清梦的二姐恼了，从被窝里跳出来，狠狠地揍她一顿，然后再把《陈涉世家》从头到尾流利地给她背一遍，"我光听你重复就背过了，猪脑子！"但是"猪脑子"认真，第二天照样早起背课文。

　　二姐读书到初二，由于不服气老师的管教，终于在有一天趁娘烧火不防备时，她成功地把书包塞在了炉膛里，从而宣告读书生涯的结束。爹娘都不认字，但很重视教育，坚持着无论再困苦都供应孩子上学读书，大哥是我们村走出的第一个大学生。二姐不上了，坚决认为三姐是"猪脑子"，学不出什么名堂，在她的撺掇下，没有主见的三姐也退学了。

　　一个初中还没毕业的农村姑娘，怀揣着自己所有的积蓄三块钱，抱着"面包会有的，一切都会有的"的梦想，开始了她打天下的生涯。没钱买车票，她就站在路口截车，总算搭上一辆拉她到了寿光，三块钱只够买一个葱个子。回来后，她逼着三姐去卖葱。三姐胆小，把葱摆在医院门口，自己藏在角落里。医生们自己拿称称好葱，把钱压在秤砣下。葱卖完了，三块钱变成六块，就变成了下次的两个葱个子。

一年多下来，我家的小东屋成了专门存菜的仓库。忙麦收的时候，集市上的蔬菜奇缺，我家贮存的一屋土豆卖了好价钱。那一年，我家拥有了村里第一辆新自行车，金鹿牌的。那时节，政策还没放开，做生意的很少。二姐眼光奇准，存什么都赚钱。随后，我家陆续有了缝纫机、电视机。到了晚上，没电视的人家会集中到我家看电视。娘吩咐我们早把大院打扫得干干净净，泡上茶叶末，给年龄大的准备好板凳，孩子们在大院里疯跑，像大聚会。就这样陆续看完了墨西哥的《诽谤》，日本的《蔷薇海峡》《排球女将》《聪明的一休》，港台的《射雕英雄传》……即使村里最土气的人也随口能叫出"桑达拉""莫妮卡"等很洋气的名字。

　　二姐、三姐在发挥她们的经商才能同时也锻炼了我们。批发完剩下的蔬菜，就会交给小哥和我处理。剩的多了，小哥赶着毛驴车，拉着我到四处乡里赶集卖菜。卖菜的和买菜的对我们的组合都很好奇：一个小男孩、一个小女孩、一头小毛驴、一堆不鲜亮的菜。喝住毛驴后，先打听别人家的菜价，新鲜土豆三毛钱一斤，我们就定一毛钱，总有图便宜的。小哥称菜、算账，我收钱、找零。清脆的童音把账算得清清楚楚，忙得有条不紊。大家称赞我们毕竟是街道上的孩子，大方能干。在表扬面前，我们很虚心地抿着嘴笑，手上的称却分毫不让。

　　菜剩的很少，就由我到集上处理。对于这个安排，我一直感到不公平。四姐比我大，穿的比我漂亮，整天玩，为什么不安排她去？身体单薄哪是理由？跑起来兔子都撵不上她，至今镇里的百米记录无人能破。不满归不满，却不敢违抗，在娘严格的管教下，服从就是天职。每次一边嘟囔一边不情愿地接过几斤烂土豆或者坏苹果，提个小称去处理。回来把钱一分不少地上缴。现在想想就奇怪，那时价格我自己定，卖多少钱根本没人查问，我竟从没有留下一点小碎银子花花的念头，诚实得令人佩服，由此也可以想象娘的教育有多根深蒂固。

　　20世纪80年代初，在大家共同努力下，我家已呈现一派繁荣的气象。

最美四月天

> 你是一树一树的花开，是燕
> 在梁间呢喃，——你是爱，是暖
> 是希望，你是人间的四月天

"琴棋书画诗酒花"是文士的雅趣，"柴米油盐酱醋茶"也不失世俗生活的佳味。只要我们有闲暇去细细玩味并自得其乐，就能从凡俗的烟火气中品出最美的四月天。

童年时代一切的美好我都刻骨铭心。记忆中做饭是娘的永恒事业，永远是做完一顿立刻为下一顿发愁。一日三餐极其简单。早上通常是面疙瘩汤，把玉米面拍成厚厚的饼子，切成一小块一小块的。大锅里的水一烧开，把面疙瘩"哗"地推到锅里，用碗舀了，就着咸菜疙瘩，我也能喝上两碗。如果用油炝炝锅，扔几个菜叶，那就更美味了。

中午一般是正餐要蒸窝头。窝头和面子是有区别的。面子是玉米饼子，一般做汤或贴在锅沿周围的，像今天吃地锅鱼配的那种面食。窝头有讲究，专门有蒸的工具叫"橛子"。把玉米面团成一团，用拇指抠一个窝，放在橛子上转，就具备了窝头的雏形。发过酵的比死面的软和，好吃，有股甜甜的味道。不管好吃难吃，一出锅统统光，不像别人家蒸一顿能吃三四天。一掀锅盖，大家"哗"地围上去，场面特别壮观。三哥干脆用筷子一串两个，也不吃菜，躲一边吃去了（其实也很少炒菜，通常是蒸碗虾酱或是蒸几个茄子用盐一拌下饭）。四姐文弱，一般挤不过如狼似虎的哥哥们，急得直喊"排队，你们排队不行吗？"谁也没空搭理她。

放学回来，小孩子就饿，放下书包，摸上一块干粮就跑出去跳房子、打沙包、跳皮筋……忙得很。我家是不许拿干粮的，因为一乱拿，晚饭就没了着落。那时，我们三个小的最羡慕有奶奶家可以拿到干粮的孩子。有时陪伙伴回家拿干粮，大人也会掰块干粮给我，抑制住满心想吃的渴望，礼貌地拒绝。因为娘严肃交代过，不许眼热别人家的东西。

偶尔娘会在汤里放上一把黄豆，那就热闹了。三姐动作慢，用汤勺搅半天，几乎把汤都溅到锅沿上，也捞不到几颗，而且捞到的大多倒在从来不争的三哥碗里。二姐机灵，用勺子巧妙地一旋，就像中国跳水队一样囊括了所有的"金牌"。这时，娘通常会出来主持公道，训斥她"给小孩子留几粒"。

吃饺子在我家相当于"国宴"。年三十晚上，几乎全部上阵下手包，连锅盖上都摆满饺子。包多少吃多少，能把站着下饺子的累得直不起腰来。年初二就得换窝头，因为吃不起也包不了了。所以，至今我对玉米面有一种仇恨情结，虽然在超市里窝头比馒头贵多少倍，打死我也不买。就像好友国英有仇恨地瓜干的情结一样，都是那些年给穷闹的。

新衣服只有过年才有，大孩子只做一件，要裤子就没褂子，小孩子能做一身。平时，永远是穿大孩子替换下来的。大哥上大学那年，缝了一件棉外套，二姐眼热，死皮赖脸穿了两天。

睡觉睡大炕，被子不够。我和四姐通脚，小哥和三哥通脚。三哥汗脚，小哥常常抱怨。四姐坚持头朝里睡，她的理论是"晚上有小偷进来，给你们砍下头来就活不成了，给我砍下脚来我还能活。"一副深谋远虑的表情。

大哥大学毕业时，夜里与娘悄悄商量，就毕业后去留和选择女友征求娘的建议（大哥是我们村出名的美男子，唱样板戏都不用化妆，在大学很受女学生青睐）。小哥用脚蹬我，示意我注意听，蒙着头笑"大哥要娶媳妇了"。娘一边掉泪，一边随手摸个枕头向我们砸过来，低低地说："你是家里老大，你走得远了，这一帮弟妹怎么办？"我俩挨了砸，趴被窝里不敢喘气。后来，成绩优异的大哥放弃留大城市的机会，分配到广饶县，并选择了不美但贤惠而且不嫌兄妹多的大学同学当了我的大嫂。

麦收结束后，家家开始忙着编织麦秸草席。

我们的任务是把麦秸剥得很光洁，不留一丝皮叶。哥哥们搭好长长的支架，姐姐们就来回挥动着系着麻绳的砖头编织。我们站两边，一把把递着麦秸，看着那草席越变越胖，羡慕极了。有时也偷空编上一点，但往往露馅，姐姐解释说，接口处接不好，草茬子会扎皮肤。

童年最快乐的时光要数夏天的晚上。

吃过晚饭，三姐负责扫干净院子，我和小哥负责抬出大大的麦秸草席，铺在地上。三哥就会去燃起一堆杂草，然后闷住，让浓烟把蚊子熏跑。我们齐刷刷一躺，有一个排的兵力。那时的天空真高，很清亮，清得仿佛能滴下水来。繁星密密地镶在丝绒般的夜幕上，近得似乎伸手就能触摸到，院子里石榴花开得正艳，就等着秋风来呵它的痒，然后露出它玲珑的牙齿。两棵参天的老槐树枝繁叶茂，密得几乎透不过月光。夜风袭来，能听到树上鸟巢里鸟儿扑闪翅膀声和梦里呢喃声，和着飒飒的树叶抖动声，汇成夜的交响曲。露珠儿细细地洒在脸上，皮肤也晶莹得透亮。

这时，满天星光的大院里，夜晚的演唱会拉开了帷幕。草席是舞台，演员是我、小哥、四姐。四姐害羞，不肯独唱。我和小哥脸皮厚，在"观众"挤眉弄眼的喝彩声中，唱了一首又一首。我还唱戏，披着姐姐的方巾当斗篷，脚踩小哥脊背唱"打虎上山"；越剧呢喃，听不出一句唱词，演贾母、贾宝玉，所有角色都难不倒我，歌词一律是"组在，组在"，笑得"观众"打滚（多年后，当我甩着长长的水袖，如泣如诉地唱着程派青衣"去时陌上花如锦，今日楼头柳又青，可怜奴在深闺等，海棠开日我想到如今"时，姐姐们会唱歌似的调侃我"组在，组在"）。压轴节目是我和小哥合唱"春风阵阵吹心窝哩，赛罗赛，赛罗赛，我向党来唱只歌哩，赛罗赛，赛罗赛……"在我俩雄浑气势的带领下，四姐也加进来，越唱越洪亮，最后齐吼一声"赛罗的赛"，演唱会达到高潮。"观众"热情很高涨，笑得全趴下了。

演唱会闭幕后，月已中天，夜凉露重，娘就指挥着哥姐们开始往屋里搬运熟睡的我们了。

闭上眼睛，当年美好的情景历历在目。蔡琴低沉的嗓音萦绕在耳边"忘不了，忘不了，忘不了叶落的惆怅，也忘不了那花开的烦恼。寂寞的长巷，而今斜月清照，冷落的秋千，而今迎风轻摇，它低诉我的衷曲，一声声，难了，难了。"

真好，真难了，我那最美的四月天！

三哥琐忆

　　世事烦扰，今天的我们，睡到自然醒当然赏心悦目。可惜更多的工作日是被闹钟惊醒，被惊醒后心会轰隆隆跳得急促，会怔怔然好久回不过神来。

　　每次见到三哥，都佩服羡慕他的从容。知天命的人了，永远不急不躁，心态平和，像个充满禅意芬芳的睿智的隐士。让人想起那个在小船上悠闲地晒太阳的钓鱼者，自作聪明的我们就像那个责备他大好时光却晒太阳的游客，教导他应该抓紧时间多钓鱼多攒钱，等攒够足够的钱后就可以坐游船晒太阳钓鱼。其实谁也不知道该攒多少才是底限，倒不如像三哥那样从容享受今天的幸福。

　　三哥从小心思缜密，少言寡语，因而在几个伶牙俐齿、玻璃心肝水晶肚肠的姐妹面前就略显木讷。二姐三姐一边像母鸡呵护小鸡一样疼爱他，一边又爱开他玩笑捉弄他。有时候玩笑开大了，三哥也急眼，会采取点报复手段。在她俩坐在他赶的马车上肆无忌惮地大笑时，会突然刹车或冲上个小陡坡，把两个姐姐吓得魂飞魄散，他嘿嘿直乐。

　　三哥有两件宝贝，一件是本看了有一万遍的破《三国演义》，一件是一把不知从何处捡来的小破斧头，试着砍了一棵小树后，他咧嘴笑了"还挺快呢"。从此我家的花草树木在劫难逃。

　　家里女孩多自然爱种些花草树木，三哥就扮演了破坏者的形象。凡是他觉得没用的碍眼的树木统统砍掉，理由千篇一律——扎了他的眼。记忆中，三哥的眼无处不在，且特别容易扎到。

　　大哥从别人家移植了一颗小枣树，当年就结了小枣，特别甜。有一天突然消失了，娘拷问了我和小哥半天，三哥在旁瓮声瓮气地坦白"我把它砍了，它扎了我的眼"。南墙脚下，不知谁扔了个桃核，几年后在无人察觉的情况下，突然一夜之间开了满树的桃花，粉的像绚丽的云霞，好看得不得了。看着那满眼灿烂到极致的美丽，连被生活的重担压得忘记了怎么笑的娘也开始笑吟吟的，我们这才发现娘笑起来原来是那么好看。由于太珍惜娘那难得的笑容，大家就小心翼翼地呵护着那娇艳的桃花。然而，桃树难逃劫难，又是三哥砍了它，理由又是扎了他的眼。大家同仇敌忾，几乎杀了他给桃花陪葬的心都有。

　　此后，长到快有屋檐那么高几乎成精的无花果树，爹千辛万苦从外地带回的樱桃树，尤其那棵树冠大如蘑菇云的石榴树，每年开满一树繁花，小哥常常驮着我去摘下那最艳的一朵，秋天能结无数甜石榴，全都无辜地牺牲在三哥的破斧头下。就像他不喜欢干的事情千篇一律都是因为肚子疼一样，破坏的理由全是扎了他的眼。小哥气得把他的破斧头偷来扔了，第二天他又制造出来了。娘骂他"比你大的比你小的都扎不着眼，怎么就偏偏专扎你的眼？"娘的话他不敢反驳，但照砍不误，理由却变了，美其名曰"修理"。娘也无奈，叹气说他是一根筋的主，凡他认准的事情，八头大马拉不回头。

　　我那时看到三哥就愤愤不平，很为那些冤死的树木抱屈：难道他是把眼珠挂到了树上？否则命中率怎么那么高？人家华盛顿七岁砍樱桃树能砍成总统还值得，他能砍出个什么名堂？要不像《聊斋志异》里的书生能砍出仙洞，娶回个像青娥那样的仙女也行，娶个三嫂还是二姐、三姐用包子换的（三嫂的娘每次赶集姐姐们都请她吃包子，因此同三嫂开玩笑如是说）。

后来当无树可砍时，他开始打我家那三颗槐树的主意，这可犯了众怒。我家的两颗老槐树相偎相依非常旺盛，挺拔苍翠郁郁葱葱，我们称为"雌雄树"。它们也是我们村子的标识，隔着村很远首先印入眼帘的就是那如云的树冠。春天的时候，整个村子都弥漫在槐花的香气里，采树种的人每年来采槐米；夏天的时候，浓荫遮住如火的骄阳，几乎全胡同的妇女都集中在树下做针线。树上是鸟的天堂，有不同种类的鸟在上面筑巢，娘说鸟是吉祥的，严禁我们抓鸟。后来在一棵树旁长出一棵苗壮的小树，我们叫它"母子树"。有看宅基地的人说那是我家的好风水。

为了防止槐树惨遭三哥的暗算，小哥曾和他交涉："三哥，只要你不修理大槐树，你有什么要求我都答应你。"三哥不理他。小哥发动了全家的力量，软硬兼施。大家统一口径，扬言要是他砍了树就把他也砍了，才把他修理大树的念头彻底打消。

旧事重提，三哥憨憨地挠着头光笑。后来的他把自己和父母的庭院种植得郁郁葱葱，花团锦簇，再舍不得破坏一棵花草。秋天，他会不顾三嫂劝阻，骑在高高的墙头上摘下枝头挂得最高，熟得最好的甜枣，嘴里嘟囔着："小五周末回来，她从小嘴馋。"

即将知天命的三哥依然固守他的做人原则：不喜欢花里胡哨无用的东西，不争不抢，知足惜福，坚韧孝顺。越老越修炼出我家老槐树般的淡定从容。当他以从容的心态去触摸岁月的痕迹时，就能更加从容地理顺日常琐事了。

在喜闻自己已荣升祖父时，三哥欣喜若狂，从不注重修饰的他那天认认真真把自己整理得清清爽爽，兴高采烈地去看望孙子，没想到从此竟天人永隔。噩耗传来时，姐妹们几次哭得昏晕过去。

憨厚的三哥用生命教会了我们：人，一定要好好珍惜自己拥有的福气，好好珍惜身边的人。

怀念母亲

2012年3月21日，这是全家人永远刻骨铭心的一天。在这一天，八十岁的老母亲离开了我们，兄妹九个从此成了没娘的孩子。几次提笔想写纪念她的文字，都因为太沉重又放下。母亲的一生是最平凡的农村妇女的写照。

听父亲说，我爷爷那一代是开肉坊的，生意最火的时候雇长工多达二十个。后来一场瘟疫夺去了家族八条人命，差点造成灭顶之灾。那场灾难之后，年仅十六岁的母亲嫁入了我家，养在深闺的她从此和十八岁的父亲肩负起了赡养我那年迈的大爷爷、抚育年幼的四叔和大伯父遗留下的孤女的重任。父母是娃娃亲，那时讲究门当户对，母亲幼丧父母，和两个哥哥相依为命。二舅十八岁时参军，死在战场上是烈士，大舅做银器生意，那时候再穷的家庭嫁女儿时都会打一头银首饰，所以家境不错。

小时候总感觉母亲的气度与村里其他妇女不一样。同样是吃窝头，住土屋，她的头发就特别黑、特别柔顺，象牙白的皮肤，月白色对襟褂子特别妥帖、整洁，看着有说不出的舒服。舅妈说她没出嫁前是村里有名的好姑娘，漂亮、性子沉稳温柔。见我们一脸深表怀疑的表情，舅妈骂道："都是你们这群七狼八虎把她累成这个样子。"

记忆中母亲终日忙碌着，瘦弱的身躯似乎蕴藏着无穷的力量。很少见她笑过，尖尖的下巴，深陷的眼窝显得眼睛更大，疲倦时尤其楚楚可怜，沉静的素白的脸，头发虽然自然卷，但不允许有一丝乱发。从不串门，偶尔有点空闲，就坐在靠椅上闭目养神，她实在太累了！母亲不爱说家长里短，即使夏天女人们集中在我家大槐树下乘凉、聊天，也很少见她插嘴，只是静静听着，手上飞舞着针线。由于特别爱干净，又喜欢白这种对于农村来说很奢侈的颜色，所以整天是忙完饭就沉浸在洗刷中。

小时候，无论什么时候醒来，都看见母亲在煤油灯下做着她那永远也做不完的针线活，当火苗小时，她就用手里的针挑亮，灯芯越烧越长，就用小剪刀剪除碳化的那小小的一截，那昏暗的荡漾着母爱的煤油灯光温暖着我们一生。到了晚年，腿不能动了，她就以那种永恒的姿势坐在轮椅或沙发中，头发依然纹丝不乱，依然偏爱如墨的黑丝绒、月牙白的衣衫，偶尔睁开眼四处望望，习惯地喊着她的小儿、小女"军儿""五儿"。见到她的人都赞一声"好清秀的老太太"。

母亲很要强。父亲常年出门在外，管教我们的任务就落在她身上，她对我们要求非常严格，至今那些规矩清晰地印在脑海里。例如：人家吃饭时要立即告辞；吃饭不许咂巴嘴，不许用筷子敲碗；外表要干净整洁，不许随地乱坐和打滚；不许仗着家里人多欺负人，闯了祸要自己承担；要尽自己的能力帮助别人等等。一旦违反，严厉呵斥，孩子多，又都外向调皮，当语言显得苍白无力时，她就诉诸武力。

曾经小哥疯狂地热恋上了一双白球鞋，那种魂牵梦绕的痴情连最忠贞不渝的恋人也自愧不如。至今我清楚记得价格是三块六毛钱，小哥放学后就拼命捡废铁、割青草一分一分攒钱买鞋，攒来攒去总也不够，于是小哥铤而走险偷偷拿了父亲出门的十块钱。那时候，十块钱不是小数目，小哥刚把白球鞋买来还没舍得穿，案子就侦破了。尽管有父亲袒护着，母亲仍然把小哥狠狠揍了一顿，把白球鞋退了。我半夜醒来，昏黄的油灯下，看见从没在人前落泪的她默默地抚摸着小哥被打得红肿的屁股，那一滴滴晶莹坠落的分明是无奈的泪珠。

在母亲言传身教的影响下，我们的习惯都很好。兄妹们特别团结忍让，喜欢把自己和家里收拾得干净利索，都比较勤快懂事。我和小哥很小就挽起扁担钩半桶半桶地挑满自家水瓮的同时，再去帮有病的邻居四大娘挑水。后来，哥姐们在艰难创业时所体现出来的吃苦耐劳都离不开母亲的熏陶教育。

长期的过度劳累，母亲积劳成疾，要强的她苦撑着，尽管牙龈咬得酸疼，一直撑到大哥参加工作和姐姐卖菜补贴家用。我和小哥自作聪明做实验买来安眠药把家里最值钱的马毒死这件事，就像骆驼沉重背上的最后一根稻草，把母亲的精神和身体彻底压垮了。她大病不起，几经抢救，才度过生死关。看着从鬼门关回来的她那憔悴深陷的眼窝，我和小哥突然意识到了自己的懵懂无知，意识到除了闯祸，人生还有许多无奈、有许多责任。在成长意识觉醒的同时，我们的童年永远地结束了。兄妹发誓，从此要尽我们所有的力量去呵护孝顺父母。

回顾母亲的一生，天灾、人祸、多子、饥荒、家族繁荣直至安享晚年，她尝尽人间酸甜苦辣。但是，她的坚强、乐观、善良在儿女们心中永存，这样的生命，该是怎样的丰富与高贵啊！

母亲虽然离去，但我们将永远被母爱圣洁的目光温暖着，这份爱所到之处能让花含情、鸟啼笑、风轻吟、鱼浅唱；这份爱能让人心变得更高尚，让脚下的土地变得更仁慈！

深深怀念我们的母亲！

执子之手　与子偕老

曾经以为爱情一定要花前月下，海誓山盟才算浪漫完美；曾经无限向往梁祝化蝶的壮烈，还有那"在天愿做比翼鸟，在地愿为连理枝"的忠贞。平凡的父母却用六十五年共同走过的岁月告诉我们——"死生契阔，与子成说。执子之手，与子偕老"才是爱情该修炼的正果。

男人喝酒是每个时代每个家庭最关注的经典话题。八十多岁的老母亲自顾不暇了，病榻前最后的嘱咐却是要我们一定把酒藏好，让父亲少喝。给父亲藏酒、兑酒，是母亲用心经营了一辈子的事业，她给父亲倒酒的那个瞬间永远铭刻在我们的记忆里，那温馨一幕会温暖我们一生。

父亲经常出门，天寒地冻，常常要随身带着酒，困了累了冷了都喝上口解解乏、暖暖身。母亲怕他喝太多伤身，就把酒藏起来，父亲在家时由她限制喝酒的量。童年最常见的一幕就是：每到晚饭时间，脾气极好的父亲把酒杯放在忙碌的母亲面前，然后很合作地出去转悠一圈。如果母亲没空给他倒酒，回来一看就再出去转两圈。直到看到杯中有酒才坐下慢慢品尝。父亲喝酒是不讲究下酒菜的，一捧花生、一把煮青豆、几瓣咸蒜，顶奢侈来盘麻汁豆角。他用火柴在酒杯上一点，立刻窜出蓝色的火苗，温好酒后，吱溜一口，咕咚下肚，真是极好的享受。

记得那次，父亲喝了一口，感觉不对，把酒递给母亲，很虚心地提示："都是水。"母亲假嗔地说："不喝拉倒！"父亲再接过验证了一下，很肯定地说："你尝尝，真是水。"母亲气冲冲接过来一喝，不好意思地笑了，坦然承认："忘了往水里兑酒了。"随即从水缸后面摸出酒瓶，父亲立马很配合地转过身装着不知道酒瓶藏身所在。母亲极小气地滴了几滴酒在水里打发了他。父亲喝完规定的配额，愉快地买酒喝去了，母亲很为自己管制的效果而得意。

父亲偷买回来的酒一般藏在柴草垛和水缸后，恰巧这也是母亲的保险箱，因此难免有时会发生碰撞事件。一次，父亲趁母亲不在屋里，从水缸后面掏出酒瓶喝了两口，嘱咐在旁边玩耍的我："别跟你娘说，我给你买好东西吃。"喝完后细看酒瓶，自言自语："不对啊，我明明放进个绿瓶子怎么变红的了？"我乐得哈哈大笑。母亲进屋听见也忍俊不禁。

大哥给父亲买来好酒，每次都劝母亲："别给爹兑水了，让他喝口正宗的吧，好酒都让你糟蹋了！"父亲反而很大度地说："没事，我习惯了。"他其实是很享受这种被管的幸福的。

母亲去世后，父亲端坐在沙发里，礼貌周全地向来吊唁的人致意。侄子敬维穿着孝服进来，他寒暄道："这个青年，你有二十了吧？"敬维茫然四顾，才发现爷爷是和自己打招呼。我们心酸地发现，一夜之间，父亲向来挺直的脊背佝偻了好多，一向睿智明朗的眼睛竟然浑浊得几乎消失了光亮。与母亲从此天涯的阴阳两隔，让他骤然衰老了太多太多！迎着我们默然难过的注视，父亲安慰我们："我没事，别担心！"转过身，看到母亲的黑白照片却忍不住老泪纵横。他拒绝让我们看到他的伤心，他们这代人太含蓄，羞于流露感情。

多年养成的习惯很难改变。此后，每到吃饭时，父亲拿着酒杯茫茫然站着似乎想递给谁的情景，让所有的子女心痛如刀割。

六十五年的漫长光阴，他们携手并肩走过。艰难地熬过天灾、人祸、战乱、饥荒，共同养育了九个子女，共同承担起家族的荣辱兴衰。父母用最平凡的行为给我们诠释着经营婚姻之道：忍耐、宽容、关爱、坚韧。

踏上婚姻红地毯的那一刻，谁不希望与地毯那头的人儿"执子之手，与子偕老"？但真正做到实实不易。或许平平淡淡才是人生的真谛吧！平凡如我们不苛求生死与共的悲壮浪漫，但至少可以并肩迎送绚丽的日出和静谧的黄昏；可以共同欣赏田陌上开得如醉如痴的野花，卑微的美丽在温暖的土壤里同样散发沁人心脾的香气。我们只求能够执子之手，能够相濡以沫，哪怕途中有无数坎坷，只求能与子偕老，避开人生路上独行的寂寞。

朋友啊，请好好珍惜与爱人共聚的时光吧！无论这辈子有多少爱恨情仇，下辈子，你我永不会再相见。这原本就是一生只有一次的缘分啊！

第二辑　凡人素事

做朵女人花　优雅独芳华

　　张爱玲有篇文章叫《更衣记》，题为更衣，实际上借服装的历史来反映社会发展进程带给中国社会的变化。她说：中国的男子虽然生活上比女子悠闲太多，但却在服饰上局限过多。单凭这点，就很庆幸自己是个女子，天生有着穿红戴绿的权利。其中一段话我每每读来忍俊不禁：多数女人选择丈夫远不及选择帽子一般的聚精会神，慎重考虑。再没有心肝的女子说起她"去年那件织锦缎夹袍"的时候，也是一往情深的。

　　在我与女儿平时的沟通里，我很少涉及衣着问题，一则因为学校严格要求穿校服，二则学业紧张不能分散注意力。然而，即将步入大学的她，经历十二年的苦读之后，很应该脱下沉闷肥大的校服充分享受靓丽的青春，所以我极想探讨一下穿衣的学问。张爱玲说不同的身份地位决定了不同的服饰搭配。在那个时候，细眼瞧瞧街上走着的人的打扮就大概能够揣测出对方的身份地位了。其实，何止是那时候，无论什么时代，服饰搭配都透露出个人的素养和品位，甚至成为判断她是否幸福的标志。

　　女儿童年时期，我喜欢用海军装来作为她的主打服装。深蓝色的底色镶着雪白的领子和飘带，像油画中的安琪儿。简单而对比鲜明的冷色调更能衬出儿童蔷薇色的面颊，我很少允许她身上的颜色俗艳热闹。

十七八岁正当人生最美好的年华，完全不必靠奇装异服和让人诧异的毛发颜色来吸引人的眼球。灵动的躯体，洒脱的举止，衣服越简单大方越能凸显青春活力，当她节假日不穿校服时，我给她买的衣服大多以白色、卡其、驼色为主。人应该驾驭衣服而不应该让衣服反客为主。正如四季有不同的风景，不同年龄段该有不同的韵味。少女应以清雅脱俗取胜，中年更要修炼雍容大气。

对于中年女子而言，年龄优势逐渐失去，必须要依靠装扮来提亮精神气。所以我主张成年女子穿衣不可太素，要注重搭配得体，出门一定要化淡妆。聪明女人不一定穿最贵，却一定要穿对。例如：腰身显得较粗壮的，一定要选择修身过臀的衣服。纯颜色的衣服最好搭配，带大花的和带格子的不能同时穿，花色繁复的上衣一定要搭配纯色下装。全身都是花，如果再抹上点腮红就成了乡下媒婆进城的打扮。腿型不直或腿肚子粗最忌穿紧身裤，会使缺点更加明显。比较重大的场合不能穿得花里胡哨，显得村气没底蕴，要以套装套裙为主。穿裙装注意一定要过膝盖，太短则显得轻浮不沉稳。胖子不要以为穿黑色显瘦，黑漆漆更给人压抑感，单纯靠视觉毕竟效果不大，装扮只需大方倒显得雍容。我有时心血来潮干脆穿套宽松的白衬衣白裤子，自我感觉很清爽。丝巾、胸针等小配饰对女人的作用不可轻视，巧用丝巾，不论在哪个季节搭配衣服都可带来醒目的点睛作用，女人的衣橱里哪能不多备几条丝巾？

当然，女人要想长久保持魅力，最关键还是要修炼内在。如果长期不读书拒绝接受新事物，会逐渐变得语言乏味，谈吐苍白，再加上家庭、工作、孩子教育等问题渐渐加压，怨气一大，相由心生，很容易越来越长成怨妇模样。

林清玄在《生命的化妆》一书中说到女人化妆有三个层次。其中第二层的化妆是改变体质，让一个人改变生活方式、保证睡眠充足、注意运动和营养，这样她的皮肤会得以改善、精神充足。第三层的化妆是改变气质，多读书、多欣赏艺术、多思考、对生活乐观、心地善良。因为独特的气质与修养才是女人永远美丽的根本所在。

衷心希望年轻人把读书作为终身的爱好习惯，长见识，阔视野，提高品位，学习优雅，能理智地处理任何问题。读书能让人心静，心静了，幸福自然来，女人如果没有更多与内心对话的机会，生命怎能鲜活的起来？相比男人，女人最应该活得精致一点。有热情对自己的装扮花点心思的女人，多半都热爱生活。善待自己，也是尊重别人。学会爱自己，学会爱别人，生活在爱与被爱里的女人，优雅的外表只是美好心灵的妆彩。

愿女人永远不要放弃对自己外在内在的修饰，修炼！无论自己多么平凡无华，也要努力保持以一朵花的姿态生活，在世俗烟火中保持优雅独芳华！

当爱已成往事

几个闺中密友在同窗聚会中叽叽喳喳地谈论着纯粹女人的话题：服饰、房子、车子、孩子成绩、烹调等，聊得津津有味。以阿丽的声音为最大，几十年来，她依然活泼开朗，有男子般的豪爽。

突然，一个声音传来："对不起我来晚了，先自罚三杯。"我们闻声看去，是男同学明。阿丽立刻脸色大变，脱口而出："谁通知他来的？谁？"我们愕然。

他俩之间的纠葛早已成历史，二十年下来已是各有各的归宿和幸福。明看看恼怒的阿丽，默默在男生那桌坐下来，一晚上几乎没大出动静，心不在焉但又低头捕捉着她的发言并适时做出会心的微笑。

我为阿丽的失态和表演难过：她不再大方，不再自然，不再平静，开始放肆的和周围除明以外的男生调笑着，笑声刺耳做作。女生们已经惊讶地窃窃私语。

二十年过去，阿丽仍然掩饰不住恨意，只有一个原因——忘不了。缘已尽，情未了，像蔡琴婉转低回的歌"忘不了你的错，忘不了你的好，忘不了雨中的散步,也忘不了风中的拥抱。"或许,也曾在心里上千次想象过再见面时的情景吧?你向我打招呼,我淡然一笑根本不在乎,多谢当年不娶之恩!你的转身成全了我,我现在过得比你更好,在我的幸福日子里完全没有你的痕迹,该有多么潇洒啊!

可是,阿丽却失败地表现出:时光在流逝,我对你的恨意却没减轻一丝一毫。她哪里晓得,恨意最伤人,就像把自己架在烈火上煎熬,烤到一定的温度再用自身去烫伤他,无论输赢,最痛苦的却是自己啊。

当爱已成往事时,还是给自己留一点尊严吧!何必再给他夸耀的机会呢?"看,她有多在乎我!以至于这么多年后依然恨我。"爱情像弹簧,受伤害最深的往往是不肯撒手的那一方。

然而,当爱已成往事时,别说普通女人难以潇洒起来,就连那千年修行的白素贞不也念念不忘那"喜相庆,病相扶,寂寞相随"的曾经吗?世间哪个女子不向往爱情能最终拥有一个烟火气浓郁的幸福结局呢?神仙又如何?遭背叛时白素贞不照样悲悲切切地哭诉"红楼交颈春无限,谁知道良缘变孽缘"吗?

世间所有的恋人都盼望自己的爱情能修成正果。但是,买个冰箱才保修三年,谁能保证爱情不贬值?情到浓时情转淡,一辈子的激情谁也坚持不了。像白蛇毁了千年的道行,只羡鸳鸯不羡仙,为那个迟钝优柔寡断的平庸男子许仙备尝生离死别之苦。京剧唱段"亲儿的脸,吻儿的腮,点点珠泪洒下来,都只为你父心摇摆,妆台不傍他傍莲台。断桥亭重相爱,患难中生下你这小乖乖,先只说苦尽甘来风波不再,抚养娇儿无病又无灾……"那份凄苦能让听戏的人也跟着肝肠寸断。她期盼了千年的爱最终化为灰烬,当她深压在暗无天日的塔底,当她心灵的苍苔比塔底的青苔还厚时,不知她是否后悔。

所以,平凡如我辈不敢苛求爱情的至善至美,也不肯为爱孤注一掷,因为伤不起。我只求把一口气抻长了,悠着点,节约气力好度过以后那几十年。

论黄蓉的华丽转身

我是典型的金庸迷，《射雕英雄传》百看不厌，尤其喜爱俏黄蓉，她的聪慧伶俐、玻璃心肝水晶肚肠，让人拍案叫绝。

大概所有男子都羡慕郭靖的傻人有傻福。以他的鲁钝资质竟然同时让温柔敦厚的华筝公主和美貌精明的黄蓉两个白富美的极品女子爱上他，可见他的女人缘有多好。从我这俗人的角度来看，黄蓉眼光真不好，怎么着也该找玉树临风、武功盖世的吧？毕竟有个黄药师那样优秀的爸爸在做范本呢。

洪七公曾不服气地说："论英明神武，我比你强多了，为什么她们偏偏爱上一块木头呢？"黄药师绝世聪明也参不透其中天机，按捺着性子问女儿："论家世，论武功，论聪明，论学问，他哪里配得上你？"黄蓉娇嗔地说："我不管，我就是喜欢他！"想想也是，爱情是最霸道的，一旦激情燃烧起来，哪里还有什么理智可言？又不是买菜，要看成色、看价钱，一定物美价廉旗鼓相当才下手。"我不管"分明是被爱情冲昏了头脑，无暇顾及其他了。

所以当黄蓉和华筝为爱相争时，我欣赏黄蓉的华丽转身，这才是至情至性。她不屑于自贬身价去和华筝比武分输赢，爱情不是商品可以标价，也不是奖品可以颁发。她只是感动于华筝的生死相随，所以选择自动退出成全她。

正因为黄蓉的华丽转身，她的美丽影子变成了烙在郭靖心头的朱砂痣，优柔寡断举棋不定的他立刻明白了自己真正钟情的是谁，婉拒了痴缠的华筝，从此他死心塌地追随天涯。

由此猜想，有红玫瑰和白玫瑰为自己争斗是不是多数男人的渴望？即使选择很残酷总比没得选择值得骄傲。无论选择谁，永远牵挂的该是黯然离开的那个吧？心底是否也自私地希望，离开的那个最好像华筝一样，即使被抛弃，却想念着他终身不嫁该多好。

所以，我常常对陷在感情纠纷里的女孩建议："在男人犹豫时，不妨姿态高一点主动离开，他一定后悔没选你。"可是女孩立刻反驳："我为什么要冒险成全别人呢？我要一个后悔干什么？我要的是和他在一起。"

我也曾对婚姻失败的女友建议，要想在爱情的战场上立于不败之地，女人就要修炼自己，要美丽、自信、宽容、还要善良，最好能上得厅堂下得厨房，让男人迷恋、知足、珍惜，唯恐失去才是上策。

女友更反对："当我真修炼到这种境界时，那他该拿什么与我匹配呢？我还要他干吗？"看来，情感纠纷还真不好解决，我的观点真过时了。

细想她们也有道理，爱到深处无怨尤，不在姿态的高低，关键是爱的深浅。为不值得的爱更犯不着糟蹋自己，像一代才女张爱玲不过是希望"现世安稳，岁月静好"，不惜卑微地把高贵的头低到尘埃里，可也挽回不了胡兰成易变的心。爱才会怜惜，那得有幸遇上有良心的男子，否则即使你像虞姬一样挥剑自刎，也得不到霸王的扼腕唏嘘，恐怕还会被埋怨碍了他的眼吧？

记忆中的沉淀

不知不觉高中毕业已三十年，在接到东营市一中 90 级同学聚会的消息时，那些沉淀在记忆中的光阴的故事，在心中静静蛰伏了几十年后，突然异常清晰地凸显在了每个人的脑海里。

二百多位在各条工作战线上堪称中流砥柱的人们，虽然已届不惑之年，却在一见面的瞬间全部失去了平时指挥若定的沉稳风度和优雅矜持的淑女风范，完全失态地变成了孩子。笑容异常灿烂，眼睛异常晶莹。无论男生女生，拥抱着，拍打着，那拍打有着沉淀十年以上的友谊才具有的厚重力度，是陈年红酒的醇香，真疼，也真够劲！大家笑着喊着当年对方那可笑的绰号，再抖抖当年那些荡气回肠的青涩的往事。被泄露了绰号和被调侃的同学，却再没有了当年被揭短后的恼羞成怒，一律宽容得意地笑着、认真倾听着别人在讲自己的故事。谁没有年轻过呢？一个没有往事记忆的人是没资格说"曾经年轻过"的。

当年英语最好的团支书解加辉现任职于联合国总部，由于赶不回来，特意越洋传来自己对聚会祝福的视频。大家骄傲地调侃起他当年在班主任再三追问晚自习为什么迟到时,他义正词严地抗议:"老师,这是我的隐私,我拒绝回答。"

沉稳大方的宣传部得力女干将,在听到大家追问:"兰妮,你还记得历史老师问安史之乱是被谁平定的,你很坚决淡定地回答是沈珍珠吗?"她大笑得几乎落泪。当年,有着一双美丽大眼睛的她是胆大有个性的,由于迷恋港台电视连续剧《珍珠传奇》,都高三了竟敢晚自习请假坐车回家看电视。当所有的请假理由都用了三遍后,她竟然以回家找钢笔为借口,坚持一集没落下,以至于有了历史课上的惊人之语。

而那温柔的小 Rose 啊,在地理老师生气地质问身为课代表为什么考砸了时,她睁着如剪的明眸,静静回答:"我最近心情不好。"英俊的地理老师惊讶得眼珠子几乎掉下来。往事重提,她惊讶地笑问:"真的吗?我那时那么有胆量和魄力吗?"

那曾经胆怯羞涩的小崔如今在党校专门培训领导干部。她抢过麦克说:"我向阿明道歉,虽然迟了几十年。我在班里联欢晚会上指责你啥都会其实啥都不精通,那是因为我羡慕你多才多艺。"当年沉默的她,在阿明的霹雳舞引起晚会轰动时突然发言指责,确实很让大家吃惊。我们嘻嘻哈哈地打圆场:"不记得了,根本不记得这回事了。"可是,潇洒儒雅的阿明记得,他很认真地回答:"我一直感谢你的批评,这么多年来始终提醒我要静下心来把每件事情做到最好而不是浅尝辄止。我很珍惜你敢于当面指责的勇气!"

不少同学提到我的从前:"好抱打不平。""言辞锋芒毕露,有爽朗的气度和近乎勇敢的公平。""我胆小,还记得你晚自习后独自送我回家吗?"真的吗?我的好同学,我当年真有那么勇敢吗?如今我深夜连出租车都不敢单独坐,在现实里,我努力地尽着一个安静本分的主妇和教师职责,走在一条少有变化的人生路上,绝不敢再茫然四顾肆意评论。

何止是我,三十年弹指一挥间,谁还依然保持着那笑傲天下的豪情呢？曾几何时，我们指点江山，恨不能拼尽一切、燃烧青春创造出理想中的未来。

而今当阅尽沧桑，为人父母为人子女的我们自然沉静下来，岁月把往事沉淀得澄澈通透。不再冲动鲁莽，不再幻想振臂一呼云者百应，不再抱怨现实。怀着对生命的敬畏，脚踏实地把该做的事情有条不紊地完成得干脆利落。不惑之年实在该拥有历练之后的豁达了！

所以，四季有不同的景色，人生亦如此。少年有春天的怒放任性，青年有仲夏的浓郁繁华，中年该有秋天的丰硕和天高云淡，晚年才能孕育出冬的坦然和含蓄。生命中有了充沛的美丽和饱满，我们才能静静地优雅地老去。

岁月的暗香

高中三十周年校庆早已结束，但聚会时的一幕幕却时时在脑海里温习。

聚会中说的最多的是那句"还记得吗？"一句句，一声声，把我们带回三十年前那一起走过的青春岁月。

还记得1991年那个元旦晚会吗？当然记得，谁又能忘的了呢？那是特别羞涩的年代，演员只能在本宿舍里找，哪管他平时是否沉默寡言，只管吓唬他要是吓得忘了词就做好"灌辣椒水"的准备。

以常城为首的扛着枪的"日本鬼子"探头探脑一出场，全体师生全笑趴下了。从没想到军训时的军装、统一发的毛巾竟有如此化腐朽为神奇的效果啊！"鬼子们"头戴不知从哪捣鼓来的头盔，白色毛巾从头盔下耷拉下来，护着两个耳朵，嘴唇上画的日式小胡子惟妙惟肖。被追赶调戏的"花姑娘"是王德建扮演的，他头围蓝底白花的围巾，身穿同色小花袄，被"鬼子"调戏时那羞涩地低头，愤怒地抗拒，娇滴滴，滴滴娇，俏丽得令所有女生自愧不如。

故事的结局，一批茂腾腾的陕北汉子反穿着老羊皮坎肩、头包着羊肚子毛巾蹦上了舞台，由饰演正面形象的扬振东带领着游击队战士解救了妇女，调戏妇女的鬼子被绑上了耻辱柱得到了应有的惩罚。在正义战胜邪恶的欢呼声中，女生笑得捧着肚子直喊"救命"，一向严肃的韩可欣老师笑得醉意盎然。

以刘列为首的"霹雳小子"们的精彩舞蹈，让农村出来的我们大开眼界，小虎队又怎能与他们相比？大家唱啊，跳啊！一屋子的青春、阳光、欢笑。笑得天翻地覆，波澜壮阔！笑声那么纯粹，像山谷里奔流的溪水叮咚。笑声掀翻了屋顶，笑活了夜色。笑声惊动了隔壁班级，哪有那么多好笑的事情？大家好奇地纷纷往一班跑，年级主任刘相甫老师喃喃说："文科班不闹出点动静来简直不叫文科班。"

还记得吗？我们曾经那么喜欢吃食堂里的油条和大蒸包。放学后挎着篮子冲到抢包子第一线的劳动委员"老杨同志"简直劳苦功高。

还记得吗？我们曾经拥有那么优秀的恩师！骄傲富足得堪比帝王！师恩难忘，多年后，老师们的谆谆教诲，苦口婆心已全然忘却，然而那些点点滴滴的细节却最清晰。

忘不了毕铁铮老师那么美的笑；忘不了张建全老师被调皮女生赵淑艳闹得那么可爱的红脸；忘不了林增阔老师那潇洒的跳鞍马动作；忘不了韩可欣老师那永远笔直的裤线；忘不了彭玲老师对英语学霸解加辉、周玲、王鹏等发自肺腑的真诚赞美和鼓励……

忘不了的泪，忘不了的笑，忘不了青春的惆怅和烦恼。一切"忘不了"被酝酿成光阴的味道，尘封，是记忆，打开，是岁月。多年以后，老师们在课堂上讲授的所有知识早已被人生的罡风吹得荡然无存，但"诚信、仁爱、勤奋、担当、永不言弃"这些美好的信念却永远渗透在我们的血液里，对生命的豁达，对爱和美好的追求，凝聚成真正的"一中精神"。

当学子们面对未知的沧桑，那记忆中的瞬间带着流年的暗香，将永远温暖远行的路。

婚姻策略

朋友，如果你办公室里有两个以上可爱的女同事的话，可千万不要为她们话题琐碎感到烦恼。恭喜你，你拥有了立体声的社会百科全书。只要静下心来倾听一下，你能发掘出许多应对生活的智慧和策略。

你听，现在女人们已经由猪肉价上涨太快转换到如何对付自己家"那个死鬼"的频道。

还处在热恋期的美女小韩得意地说："只要我俩有了严重分歧，我发现哭是最有用的杀手锏。我只要一摆出哭的姿势，他立刻缴械投降。"

而立之年的小张不屑一顾："原先我恋爱时也用这一招，现在不管用了。你就是把眼哭瞎了，人家坐着连屁股都不抬。我干脆不理他，实行冷战政策。越生气越拼命干活，看他能不能坐得住。"

办公室里立刻议论纷纷，各人发表自己的战斗经验。

"多不值得啊！人家才巴不得你把活都干了呢。累死自己，让别的女人住咱的房，开咱的车，花咱的钱，打咱的娃？多不明智！"

"对，你把孩子给他扔下，干脆回娘家，让孩子治治他。"

"不行，决不能拿孩子当工具。四十岁的女人现在已进入斗智斗勇的阶段，得讲究策略，决不能离家出走。万一走了，人家不找你怎么下台？又不是刚结婚那会，他没斗争经验。结婚十几年，练得猴精，知道你挂念孩子早晚回来，他才不会急着去找，乐得清闲。要走也得让他走，不哭也不和自己较劲，有理有利有节地跟他智斗。"

"还是年轻啊！"即将退休的丁大姐做发言总结，"我们现在凡事自己控制不生气，也尽量不让对方生气，身体健康最重要，夫妻一体，气着谁都是大家共同承担。再说夫妻之间何必计较那么多？看一天孩子累得要死，连吵的力气都没有了，还是积蓄力量共同对付精力充沛的小孙子吧。"

女人们在这厢争论得热火朝天，那边的帅哥们提出抗议了："什么婚姻政策？是男人们在乎和让着你们，不想惹你们生气，不想给自己惹麻烦罢了。真不在乎了，你有千方百计也不管用。"

仔细一想，还确实如此。夫妻之间本没有什么牵扯到是非黑白的原则问题，更没有必要非得论个高下。看透了这一点，就会明白实在没必要为鸡毛蒜皮和伴侣斤斤计较。生命那么美好又那么短暂，与其在无谓的争论中浪费生命，倒不如好好珍惜共聚的时光。

毕竟，无论谁赢谁输，也只是今生的意气而已。下辈子，谁知道你我会不会再相见。不如让理解、包容、珍惜来丰富我们这一生仅有的一次缘分吧！

透明的哀伤

　　不知女人是否都有这种感觉：在某个特定的时刻，也许因为工作压力太大，也许因为同事间相处有点小摩擦，也许因为孩子有些叛逆不听话，也许因为身体疲累得几乎崩溃，也许只是因为两个人争论的有些激烈……突然间，就让你就对生活丧失了信心，因此产生了出逃的念头。

　　此刻，我正处在这种恼人的情绪中，关了手机，紧握方向盘，疾驰在寂静的夜路上，一任路旁的树迅速向后奔跑，此时的我像头暴怒的狮子，已被一股无法言表的愤怒、失望所控制。只想抛开一切逃开，最好躲得远远的，眼不见心不烦。

　　在一阵漫无目的的奔驰之后，我停车熄火，慢吞吞地在湖边的沙滩上坐下来。夜风微凉，月色很柔，月光在那样清朗的天空上如水银般直泻在波光粼粼的湖面上，把我整个人都浸在透明的银白里，心里的哀伤也似乎透明起来。想起他曾经许下的诺言，想起他刚才满脸的不耐烦和愤怒，想起曾经对生活的所有梦想都泯灭在柴米油盐琐碎中……突然间就委屈得泪落如雨，滚烫的泪水像泄了闸的洪水纷纷落在衣裙上，在悲伤中隐约觉得生死也不过是一念之间的事。

　　伤心是最令人疲倦的，哭过后感觉头昏昏的，悲伤似乎也宣泄的差不多了。夜色已深，远处沙滩上的情侣也已都回去了，隐约觉得有点害怕。没情没绪地站起来，拍拍衣裙上的沙子，明天还要早起上班呢，带回来的学生试卷还没有批阅完呢。挫折会来，也会过去，热泪流下，也会收起，此刻的我并非走出了伤痛，不过是学会了带着哀伤把生活继续。

　　回到车上，开开手机，铺天盖地的是他的信息，竟然整整二十个未接来电，十五条未读信息，我仿佛看见一向不善言辞、平稳从容的他焦头烂额、惊慌失措的样子。

　　10：15 未接来电。

　　10：17 未接来电。

　　……

　　11：20 未接来电。

　　11：25 未读信息。

　　……

　　11：45 未读信息。

　　信息内容从生气质问为什么不接电话到耐心解释，到苦苦哀求，到惶恐不安，到警告再不回家就报警，最后甚至警告逃妻如再不现身，他就要惊动年迈的父母出来寻找女儿，要惊动高中学业紧张的女儿来寻找妈妈。信息内容丰富，条理分明，运用层层递进的逻辑推理手法，把逃妻出走的严重后果剖析得清清楚楚，让人啼笑皆非。

　　一条条细细翻阅，我破涕而笑。取代怒火的是愧疚，实在不该任性离家，在我出逃的一个半小时里，他大概也经历了百般煎熬吧？细想所有的争执也只是意气而已，自己原本是一个任性而急躁的妇人啊！我调转车头，跟刚才匆匆出逃一样迫不及待：回家！回家！

　　车子还未驶进小区，远远看到桥头上徘徊的瘦削身影，他在焦急地等我回家。我刚拉开车门,他立刻拔下了车钥匙,抱怨指责的话语像滔滔江水扑面而来,神态中却掩饰不住关心和失而复得的喜悦。活该!谁叫他娶了一个如此任性的妻子呢。一夜之间,我历尽沧桑。算了,就由着他唠叨吧,我才不计较他言辞是否激烈。这一刻,幸福感暖洋洋地充溢心中,使我变得大度而宽容。

以后的日子里,我或许还会彷徨,迷惘,还会说些无聊话,做些无聊事,但确信有个人会陪我无聊,然后相濡以沫,共闻花香。生活依然会交织着痛苦、奋斗、失望和希望。但一个真实如我的生命,却会在眼泪中逐渐豁达,在阳光下更加坚强。

浮生若梦

周末早上，在鸟儿清脆的鸣叫声中醒来，拉开窗帘，一股清醒的气息扑面而来，雨后的花草树木青翠欲滴。如此美好的清晨浪费掉实在是可惜。换上舒适的休闲装，夫妻相携赶早市去。

还未走近早市，那种熙熙攘攘的烟火气就不由自主地把人裹挟进去。红红的辣椒、胖胖的鲜藕、紫莹莹的茄子，各种蔬菜鲜亮脆生，刚收获的水果一车一车并排着叫卖，价钱便宜得让人拔不开腿，让人不由自主就远远超出了预算。

卖花布的大嫂摊位上循环播放着"十元一块！十元一块！"响亮地招徕着顾客，同时庄严地介绍自己花布的来源，带着落地凤凰不如鸡的委屈，详细数说着花布的出身有多高贵，卖得这么便宜有多么不舍和无奈，那语气配合着大嫂的高傲神态让买了花布的人几乎心生惭愧，似乎买了她的布有趁人之危、落井下石的嫌疑，赚了她多大的便宜一样。花布论块，十元钱好大一块布，实在不贵。往往冲动的买下几块，心想做块窗帘，或者床单，或者小褥子，或者台布都是好的，虽然往往买来就束之高阁。

　　花卉市场种类不少，价格实惠，各种花开得绚丽夺目。有的小花配着的花盆实在精致，十元三盆。我精心挑选了一颗茂盛的文竹，才十八块。不敢多买花，开得好好的被我搬回家总养不活，让人有种糟蹋性命的犯罪感。那边一位瘦瘦的老汉神态倨傲又悠闲地吸着烟，不吆喝不招揽，脚旁守着一只塑料小桶，桶里有几斤两三寸长的小鲫鱼，面对周围鲜活蹦跳的鱼鳖虾蟹，他不急不躁一副"皇帝女儿不愁嫁"的神气。我好奇地问价，询问比别人家鱼贵的原因，他不屑一顾，语气铿锵："自己钓的！野生的！不是养殖吃饲料的！"果然很快就卖完了。

　　早市中极火爆的是一些农村老太太的摊位。她们的商品往往数量少，样品多：两三把豆角，几捆不算很鲜亮带白点子的小葱，两三个南瓜，几把又细又蔫的韭菜，很自豪地宣称"红跟小叶韭菜，自家种的不打药"。有时还摆着应季的野菜：黄宿菜、扫帚菜、曲曲菜、白蒿等。到了夏天甚至有知了猴卖，价钱很贵，但卖得很火。她们天天来，卖完一种蔬菜马上从旁边小三轮车上再拿出来，小小的三轮车像聚宝盆。也有人揭露内幕说亲眼看见她们在旁的摊位上专门挑又瘦又小特别是有虫子眼的买，买来装成自己种的再高价卖出。说归说，大家照样抢着买，实在是让各种农药吓怕了。

　　在我忙着挑新鲜土豆时，旁边一对老夫妻与先生热情地打着招呼。等他们走远，他悄声告诉我是某局长夫妇俩。我有些讶异，他完全不是行风热线中那沉稳睿智、指挥若定的领导形象，一套舒适的宽松旧运动装，软底的北京老头乐布鞋，斑白的头发，安乐的笑容，熟练地与商贩讨价还价。在这个烟火气十足的早上，他分明就是一个慈祥、宠溺儿孙、护短、更年期的祖父形象。

　　已经超出购买计划太多了，我俩赶紧刹车往回走。不想又被一位操东北口音的中年大嫂热情的叫卖拖住了脚。"自家擀的煎饼，又松又软，卷上小葱，沾上辣酱，倍香！"在她殷勤介绍下，我俩憨乎乎地按照她的指点买了煎饼，买了她自制的独家辣酱，买了她亲手包的粽子，亲手腌的酸菜，亲自酿的黄酒，还留下了她的电话号码，以待品尝她无所不能亲手做的所有美食。于是，整个周末在热热闹闹的忙碌和品尝中结束。

岁岁年年，时光在我们面前微笑地走过，像童年时母亲手做的老棉鞋静静晒在冬日晴好的阳光下，温暖而迟缓，带着岁月的味道和流年的暗香，让我们努力着、伤感着又希望着。

人到中年，已不向往鲜衣怒马，只求日子能过得安然简洁，素而不寂，暖而不腻。普通如我的凡俗女子，不奢求生命中有太多的刻骨铭心，有阳光，有温暖，有爱，还有一颗感恩的心，足矣！

牵牛花

  西窗下，我撒下了几粒牵牛花种子。院里各色花竞相开放的时候，它却只是一味地爬，绿荫把小窗遮得严严的，绿意笼满了整个屋子，室内凉爽干净。整个夏天，心情也清爽了不少。

  不知从何时起，从落下的第一叶梧桐里，牵牛花嗅出了秋的味道，次第开放了。秋意越浓，花开的越盛，浓紫、浅粉、淡蓝，艳丽的色彩把院子渲染得热热闹闹。晨开午谢，一簇花枯萎，新的一簇又接踵而开，而且开得比前一簇更加灿烂，更加热烈，于无言中把生命的延续演绎得沸沸扬扬。用手轻轻捧起一簇花朵，细细嗅来，有丝若有若无的香气，捧着它，你会感觉到一种狂野的不顾一切的力量向外绽放，你会惊讶于如此弱小的生命敢于作如此大胆地渲泄。

  先生为我的赞叹感到好笑，他说牵牛花是野花，实在登不了大雅之堂。我不通花事，所以不在乎花的贵贱，我只是感动于它的热情开放。在欣赏花色的同时，又不禁为它的孤注一掷而心疼，怜它短暂的生命历程，怕它过早的挥霍完自己的生命，因为渺小如我是不能也不敢这样挥洒的。感慨之际，就想为它这一刻的美丽留下永久的纪念，那段日子，我用手机对着花丛不停拍照，个人空间里晒满了花的照片，向好友和同事絮絮炫耀我有一丛多么美丽的牵牛花，它开的花朵繁密如星。

诉说的次数多了，先生就不耐烦了，他说我实在是大惊小怪，花开花谢是世间最平凡不过的事情，该开花的时候不开花反倒不正常。他其实不懂，我惊叹的是美丽不分贵贱。花开花谢纵然是生命的必然历程，但能在该开放的季节轰轰烈烈地开放，该凋谢的时候坦然宁静地凋谢，才是最真切的生命体验。

活着，原该如此！

疯狂的文竹

周一，推开办公室门，立刻惊奇不已：我的文竹疯了！周五临下班之前，我明明刚把桌子上的文竹修建得整整齐齐，才两天不见，突然窜出了两条长长的枝条，足足比其他枝叶长了近十几厘米。

听到我的惊呼，淑青走进来，她是教生物的，带着一种不屑，笑话我的大惊小怪。她告诉我，一定是我很长时间没有浇水了，让文竹意识到了危机，因而在死亡之前违反常态、拼尽全力来开花结果，提前完成繁衍后代的任务。

我不禁汗颜，因为我以前多次失败的经验，花都是死于浇水过多，金鱼都是被撑死的，所以这次我牢记教训，对于这盆文竹我两三周才浇一次水，浇的量也不敢多，没想到竟然差点把文竹逼上绝境。

我为自己的疏忽和无知惭愧，同时又对植物神秘的生命力惊叹不已。当人类以爱的名义摧残它时，只要还没被置于死地，只要还有一丝空间和时间，它立刻有一种反抗命运的本能和本领，这是一种多么可怕的能力！这是一种多么令人叹服的使命感！也正是因了这种能力和使命感，才使得生命在艰难卓绝的环境中一代又一代延续下去吧？

反思人类自己，很多时候，我们是不是也犯了同类错误：常常在自以为是的爱中不知不觉已把心爱之物逼到绝望的境地，不是所有的爱都能表达的恰到好处的。

物犹如此，人何以堪？我会不会也在爱的名义下对所爱的人，尤其是至爱的女儿进行了自以为最正确的伤害？想到他们的毫不设防，我不禁怵然而惊。

今夜无眠

　　今夜月光真好，阿秀，你是否也在欣赏如水的月色呢？

　　泡一杯绿茶，那袅袅的热气在回旋上升，水色在凝视中变得翡翠般绿，"凝眸处，从今又添一段新愁"。阿秀，这茶是你寄来的，你说这是茶园里第一遍新茶，你亲自采的，这茶很香。真的，这茶真好，清香中有点苦涩，一如我现在的心境。

　　窗外，月光在殷勤地敲着玻璃，柔柔地提醒我"该睡了"，隔壁房里女儿在梦里呓语，这样好的年龄想必连梦都是快乐顺心的。然而，这样美好的夜晚，睡觉实在是浪费。我想，多愁善感的你此时一定也倚窗而立，江南的月夜该是一样皎洁而殷勤的。

　　在津门读书的时候，我们曾有过多少这样的月夜。由于贪恋那份清爽、幽静，披一肩黑亮的长发，常常徘徊在校园那幽静的林荫道上，听参天的法国梧桐在夜风中发出沙沙的鸣唱。我赞美着京剧梅派的雍容华美，你低诉着越剧范派的经典柔婉。我们常常为南北文化到底谁更美展开激烈论争，但那争论也是美好的。那时的世界真小，那时的期望也太高。你痴迷地钻进色彩的世界，想用油笔圆你青春的梦，我发疯地泡在文字的海洋，试着用笔填写一个充盈的人生。我们渴望像那胸前带着荆棘泣血而啼的小鸟，为了梦想不惜呕出血淋淋的心，至今想想仍佩服当年的勇气。

其实，我们常常是在无形中制造了自己的荆棘丛，固执的以为有了目标和努力就应该成功，过分斤斤计较结局如何。因为年轻的心容纳不下阴影，所以从一开始我们就缺少了承担失败的豁达。一旦得不到认可，立刻悲观失望举世皆敌。直到几经沧桑把往事沉淀，再看曾经的自己，才发现纸上谈兵是多么容易，而超越自我又是多么艰难。一切自有存在的理由，光凭冲动和热情创造不出奇迹。几十年的磨练让我们明白了一个最简单的道理：我们每个人都有属于自己的小小曲子，不一定非要固执地得到别人的认可。

阿秀，你曾盛赞过如血的残阳，每每把它收入你画中。如今你也该明白，夕阳美在那份宁静和淡泊，它从容地收拾着烈日酣畅后的残局，无论辉煌与否，这种淡定与豁达不也是一种伟大吗？

即使世间繁花落尽，心中依然保留花落的声音；无论经历什么，能将那份从容与执著保持始终就是此生最大的收获。阿秀，你认为呢？

窗外

初遇那天，飘着细雨。

他走过楼梯，看到一个白衣女子在楼梯口弯腰系鞋带。纤细白皙的脚踝上，缠绕着细细的羊皮带子，与女人们常穿的笨笨的塑料凉鞋不同。那纤细不盈一握的脚踝使他心一慌，无端端红了脸。隐约觉得有人来，她慌忙直起身子："请问，哪里是报到处？"原来是刚分配的大学生。她也红了脸，脑子胡乱地想着，原来君子端方，温润如玉竟是真有其人啊！他白衫卡其裤站在那里，谦和，儒雅，那温暖的笑，耐心的回答，让她突然就觉得醉了。原先曾嘲笑老俗套的似曾相识，此刻才恍悟宝玉在初次见到黛玉时那句"这个妹妹我曾见过"。

从此红了樱桃，绿了芭蕉。从此纤纤素手作羹汤，她心甘情愿放弃优越的娘家生活，和他一起扶持那个风雨摇曳的贫穷大家庭。他的感恩、宠溺成就了她的幸福，她坚信只要自己不变，白头偕老是太简单太容易的一件事。

在结婚二十五周年那天，在他慌忙然忘记删掉的微信里，她伤心地发现在不知不觉中丢了自己的如意郎君。当初"结发为夫妻,恩爱两不疑"的誓言成为一句谎话。被他捧在手心里呵护的感觉早已成了习惯,而且这习惯已经根深蒂固,以后的日子怎么办?她就像突然被狠狠摔进绝望的深渊,连疼都感觉不到了。那个更年轻更美艳的女子,依仗着浓烈的青春挑衅地宣称"要公平竞争"。哪里有公平可言?四十多岁的女人,豢养太久,即使保养不错,在你死我活的修罗战场上,她早已失去了一切与人战斗的资本。

那么心高气傲的她完全崩溃,卑微地委曲求全,不惜把头低到尘埃里。那么精明的她开始掩耳盗铃,天聋地哑,自欺欺人到了荒唐的地步。拒绝去想,不去想,好像他仍然还是她的,仍是那白衣素服的深情书生。她哀哀地拽着他衣衫,变成了自己曾经嘲笑过的怨妇:"可不可以,可不可以……"忘记了自己曾说过"有一天他变心,我会潇洒转身",说得多轻松,不外是当时还拥有,以为一辈子是太简单的事。原来事到临头,女人的反映是千篇一律的。

她的一生算是完了,他多姿多彩的人生才刚刚开始呢。亦舒在《我的前半生》里讲的是一个弃妇逆袭的故事,说得轻巧,平凡如她现有的生活都维持得兢兢业业,哪有那么容易华丽转身的机会?多少二八娇娃还在那里虎视眈眈呢。

从心底长吁出一口闷气,转身拉拢窗帘,窗外已是暮色深沉了。

念一个人　恋一座城

宁静柔和的灯下，素素认真准备着明天讲课的材料。隔壁男孩子初学萨克斯，正在反复练习着一首老歌《莫斯科郊外的晚上》，"深夜花园里，四处静悄悄"，不对，弹错了，从头开始，"深夜花园里，四处静悄悄"，唉，又错了。倾听着那熟悉而难忘的旋律，她眼里渐渐笼起了水雾，几天前同学会的偶遇情景又萦绕在心头。

二十年不见，她几乎不敢相信面前的中年男子就是自己曾经魂牵梦萦的梦中人。稀疏的头发在徒然抗拒彻底沦陷的结局，虚胖的脸上挂着在西方生活独有的优越感，脸太胖，皮肤太油，喘气太粗，声音太大。素素几乎为自己曾经爱过这样一个人而汗颜。他用汗气太重的手紧紧握着素素，用夸张语调寒暄着："二十年了，素素，你还是清新得像朵茉莉！还是那么苗条！刚才你一进来，我好像又回到大学时候了呢。你还记得吗……"怎能忘得了啊？她曾经一度为了面前这个男人迷失了自己，以至于多少年都找不到一处角落去安放自己惆怅的青春。

素素从小梦想有一把漂亮的吉他，有一头如云的长发，每当夜幕笼窗时，伴着那如水月光，轻弹一首如泣如诉的老歌，想想就美得不行，但紧张的学生生涯却注定她只能剪个短发，埋首书中。

  七月高考结束了学生时代，终于可以自由放飞自己了，素素先迫不及待蓄起了一头长发。然后，在一个毫无预警的夜晚，在大学校园那一丛丛开得如醉如痴的花树下，素素遇上了她的春闺梦里人，从此开始了彼此相恋的桐花万里路。他清瘦挺拔如玉树临风，神采飞扬中带着潇洒的书卷气和凛冽的傲气，而胸口那赫赫有名的校徽也证明他那股天之骄子的气质来源。当时他正盘坐在如茵的草地上，旁若无人地弹唱着《莫斯科郊外的晚上》。一照面彼此心里有几许恍惚，与君初相识，犹如故人归啊！素素无端端就落下了泪，似乎他一直就在那丛花树下，只是为了等她。直到等她长发及腰，梦中的少年郎就会骑了白马来迎娶她，从此时光安然，岁月静好。

  站在古雅的月光琴行里，素素倾其积蓄买了把金黄的吉他。从此，男废了耕，女废了织。恨不能化成他的影子，每次他一转身她就开始体会相思入骨的痛苦，思念得无心听课，不害羞地在笔记本上一遍遍写他的名字，"一日不见如隔三秋"，哪里是三秋，分明是三百秋啊！

  她开始迷恋上诗词，喃喃默诵：

  "你侬我侬，忒煞情多；

  情多处，热如火；

  把一块泥，捻一个你，塑一个我。

  将咱两个一齐打破，用水调和；

  再捻一个你，再塑一个我。

  我泥中有你，你泥中有我；

  我与你生同一个衾，死同一个椁。"

原来古人和今人恋爱的感觉都是一样的啊，因为年轻，故意把生活中的多愁善感渲染得惊天动地，青春有多张扬，爱情就有多浓烈。

彼此各自抱一把吉他，她披着一头及腰的黑亮长发，他轻揽着她的纤腰，无数次缓缓行走在古雅的林荫道上，从不知道原来散步都是这么美好的事情。参天的法国梧桐在夜风中发出沙沙的合唱，合着那叮叮咚咚的拨弦声，一切组成了生命中最亮丽的风景。素素知道此刻的他俩就是行人眼中最美的风景，她怕羞要躲开人群，他骄傲地嚷着："如果他们没见过金童玉女，没见过相爱的人，那就让他们开开眼界吧。"从没那么温柔过，从没那么美丽过，一切都美好得让素素怀疑是在梦里。她纤细却笨拙的手指老是引发争吵，但即使争论也是甜蜜的："不对不对，又按错了。""唉，该拨这根弦的。"……

情到浓时情转淡，与音乐无缘的素素还没有把几首曲子弹奏得如行云流水，离别就横在了眼前。无论相识是多么美丽，分别时任谁也优雅不起来。他考上公费留学了，她终日惶惶然，哭得比孟姜女还凄惨，似乎把一生的泪水都倾洒完了。他许诺说："不哭不哭，你也准备考，我们很快会团聚。"因为没回原籍，留在外地是不包分配的，素素四处打工，代课。为生存奔波的她再也无法也无力重拾当年考出去团聚的勇气，正纠结该如何向他解释自己要放弃再考时，却先收到了他的来信。信里说他遇上了异乡女子，不准备回来了，抱歉耽误了她这许多年。在爱情面前，他俩都做了逃兵，说到底彼此最爱的还是自己。他不肯为她放弃进一步深造的机会，她不敢割舍亲情贸然留在这个陌生的城市苦等。在残酷的现实面前，爱情不堪一击。

于是，在转身离去的霎那，这美丽的津门于素素成了一座空城。她回了家乡那个风景优美的小城市，当了一名中学教师，遇上个很沉稳的男子，结了婚。当她把吉他封闭并置于高阁时，清楚地意识到自己这一生都注定与这美丽的乐器绝缘了，心里却一片澄澈。

如今，重听这首老歌，素素心潮澎湃。后悔过吗？不后悔，当年的她只是爱上了爱情，那是她最美好的年龄，最美好的情愫。与他无关，与那个城市无关，只是素素一个人的事，是她一个人无悔的青春。那些曾经的美好或痛苦，如今沉淀成了她一生中最好的回忆。她想，爱情其实就像两颗流星，相遇的刹那撞击出耀眼的火花，然后无奈地擦肩而过，在各自的轨道上越走越远，但是一段生命历程却因了这段相遇而更饱满美丽了。

夜深了，丈夫醒来，一声声在轻唤她。素素娇嗔道："不把握机会表演一下三盖衣吗？"丈夫一脸宠溺的笑。她的感情终于找到了合适的安放地。日子久了，生活会把所有的激情消磨殆尽，但岁月会留下你中有我，我中有你的深情。

这，也许才是真正的生活。

愿得一心人　白首不相离

　　读"嫦娥应悔偷灵药，碧海青天夜夜心"总觉有点不对劲，总觉得是李商隐的自我揣度，带着点替男子抱打不平的自以为是。

　　"碧海青天夜夜心"完全是站在男人的立场上猜想：背叛了后羿的嫦娥一定悔恨交加，那寂寂长夜冷冷月宫是她的青灯古佛。日复一日，年复一年，在广寒宫中寂寞地独自漫舒广袖，黛绿年华，锦绣岁月，都在冷清凄寂中度过。不是想长生不老吗？那就让长生不老变成对你的惩罚，很有种快意恩仇的痛快。即使豁达如苏轼，也说"高处不胜寒，起舞弄清影，何似在人间"，很男人的想法。

　　身为女子，我不相信竟有为了长生不老离弃爱人的女子。何况，那是后羿啊，举世无双的极品男人，哪个女人会傻得放弃他成仙。世间女子多的是为了心爱的男子，心甘情愿如飞蛾扑火般果断决绝。像织女为了放牛娃敢挑战天规，像王宝钏为了卖花郎毅然放弃千金身份，像卓文君为了穷秀才当垆卖酒，像白素贞拼尽千年道行只想品尝寻常巷陌间的烟火气。一旦为了爱情，那就是《霸王别姬》里的程蝶衣"不疯魔不成活的"，哪里顾得上计较后果啊？

像《胭脂扣》中的如花，纵然变成鬼也放心不下那约定同赴死的十二少。寻寻觅觅三十年，依然貌美如花的她却发现那苟且偷生的俊美少年已是沧落沧桑的邋遢衰翁。她毅然转身的刹那，内心必定冰河黑暗。

自古红颜多薄命，薄命皆因薄幸。以悲剧收尾的爱情结局千篇一律，开场无论怎样华丽妖娆，必以女子芳心凋零一地落幕，上至相府千金崔莺莺，下至民间贫女秦香莲，无一幸免，可怜世间痴情女子却依然甘为爱情交付亮烈的青春。

愿得一心人，白首不分离，谁不祈愿爱情修成正果？无论有倾国倾城的容颜，还是有旷世才情，都期盼能同赏一树花，共煮一壶茶，在贴心贴肺的柴米夫妻温暖中，渴望着一夕忽老，两鬓白霜。可惜有多少爱情经得起时间的考验？有多少海誓山盟泯灭在世俗的烟火气中？

无论什么身份，被负的女子大都沦落成怨妇。白素贞在仓皇奔逃时看到断桥，凄苦吟唱："西子湖依旧是当时模样，看断桥，桥未断，却寸断了柔肠。鱼水情，山海誓，他全然不想，不由人咬银牙埋怨许郎。"听得我顿时双眼盈泪。霍小玉临终前更是怨气凄厉冲天："我为女子，薄命如斯。我死之后，必为厉鬼，使君妻妾，终日不安。"可惜咒语还是难为女子。

总算卓文君有气度，面对司马相如的背叛决然答复：朱弦断，明镜缺，朝露晞，芳时歇，白头吟，伤离别，努力加餐勿念妾，锦水汤汤，与君长诀！让我感慨终于有个女子干脆利索了一回。想和你白头到老的愿望简单真诚，既然你做不到，就请走开，我绝不纠缠，有女子少有的决绝和壮烈。

所以，我觉得京戏中的嫦娥更符合真实情况，扮相冷艳薄凉的张火丁幽幽唱着："不料想一池静水生波浪，我夫君射死九日，惹恼了他们的父王，一粒丹丸从天降，罚我夫广寒待罪受凄凉，好家乡少不了神羿护卫，嫦娥女又怎能割舍夫郎，左思右想心迷惘，只见他强装笑脸怕我悲伤，午夜里时间紧迫需决断，吃灵药赴月宫不再彷徨。"唱腔中纠缠着难言的幽怨和哀伤，想来嫦娥在吞药时必是愁火煎心，但为了挚爱，甘愿含笑饮鸩酒。

  我喜欢传说的另一个结局，嫦娥救夫奔月后，后羿痛不欲生，月母为二人真诚感动，允许她每年在八月十五与后羿在月桂树下相会。我喜欢这个结局，人情味十足，满足了我凡俗女子求圆满的心态。

男孩的爱情

　　十三岁的男孩子昏头昏脑地喜欢上了班里那个严肃认真的女班长。喜欢她什么他也说不出理由，也许是因为她常常在课前用黑板擦敲着讲桌，清脆地喊"静一静"；也许是因为她绷着小脸在检查他的作业时的一丝不苟；也许是因为她毫不讲情面地向老师汇报谁的作业没完成，而使他招致一场训斥。反正少年的情愫是说不清道不明的，是剪不断理还乱，是不需要理由的那种喜欢。

　　喜欢昏了头，竟用刀子在那并不粗壮的手臂上刻上了她名字的缩写，觉得表达还不够，于是又在腿上纹上了。伤口怕疼，偷偷把袖子、裤腿挽上去，让清冷凛冽的空气减轻一些烧灼的疼痛。于是秘密被发现了，在同学们惊讶的目光里，他大义凛然地做好了应对一切的准备。

　　爸爸阴着脸，妈妈一把鼻涕一把眼泪，摧心裂肺把一哭二闹三上吊那一套依次演练了一遍，老师们苦口婆心、口干舌燥。当有好奇者悄悄问他，对他如此浓烈的表白，女孩有何表现时，男孩嗫嚅着："她应该能感觉到吧？"浑然不知女孩家长已和他父母严正申明了彼此立场，并达成高度一致的协议。

多年以后，女孩历尽了世事沧桑，品尽了爱情的酸甜苦辣，已为人妻为人母。在一个阳光明媚的午后，她慢腾腾地折叠着丈夫、儿子的衣服，脑海中突然浮现出了多年前男孩那挽起的裤腿下鲜红的誓言，那年轻的脸上不顾一切的决绝和热情。不知那少年现已情归何处，也不知他会如何给爱人解释胳膊和腿上的伤疤，更不知他是否后悔曾经的莽撞。

那么莽撞的青春，那么蓬勃的生命力，总要找个理由和机会宣泄吧？那种不求回报，勇往直前，不求理解，甚至不求对方知道与否的雨疏风骤，简直可怕。哪里像成人的世界讲究个等价交换，等量付出，似乎情感也能放在天平上称一下重量一样。

随着岁月的流逝，眉眼开始变得沧桑，心逐渐变得坚硬，再也不敢也永远消失了那孤注一掷的勇气了。知道自己曾经被如此浓烈的情感惦记过，她的此生真真是无悔了。

想到自己的儿子，她突然害怕起来。

素心女子

在我童年的记忆里，美的概念由她而起。她是村里的一枝花，油亮亮的大粗辫子，浓浓的弯眉，黑葡萄的大眼睛，沉静少言，见了人抿嘴一笑算是打招呼，是村里青年男子梦寐以求的好女子。

一家好女百家求，媒人踏破了她家的门槛。她与村里另一个出色的男子订了婚，男子应征当兵去了，村里都预言她有福气，将来能当军官太太，她照例抿着嘴笑。

男子果然提了军官，却看上了城里的女子，回了一封信要退婚。村里小姐妹抱不平，纷纷帮她出主意，"到部队闹去，告他个陈世美，军队严，肯定能打发他回老家。""告那城里女子破坏军婚。""上他家闹去，索要青春赔偿费。"……

那时节常有外出干了公家事的男子回村悔婚现象，也有烈性女子气不过，怀揣了农药，或是竟吊死在男子家门框上。她一笑："不丢那份人，他在外做事不容易，得饶人处且饶人吧。"

后来，她自己挑了一个同村憨厚本分的青年，无声无息地出了嫁。

那人被从天而降的艳福喜得不知如何是好，把她捧在手心里宠，如珍似宝，地里家里的重活都不舍得让她干。她不爱串门，不喜欢东家长西家短议论，却爱听戏看戏，家里戏匣子整天响着，小屋子擦洗得一尘不染，她自己拾掇得清清爽爽，头发梳的油光水滑，像随时出门做客一样。偶尔哪个村里有唱戏的，他总是陪着她老远赶了去看。在那个女人挨打是家常便饭的时代，她是女人中的例外。村里男人笑话她男人窝囊，怕老婆，他憨憨地笑答："老婆娶来是爱护的。"

军官转业后，在市里做着个不大不小的官，很有些权力。村里发现了油井，很多年轻人托他的门路在油田当了工人。她儿子读书不行，种地又不甘心，眼热那些当了工人的。人们猜测，以这个女人的傲气，她是绝对不会去求他的。

这回大家又猜错了，她领了儿子，不卑不亢地走进他的家，大大方方求他帮忙，军官感念她当年放他一马，让她儿子最终遂了心愿。有女人笑话她老了没了志气，她笑笑："为孩子，不争这口气。"

丈夫去世时，她已经五十多岁了，依然是领口袖口雪白，头发盘得一丝不乱，屋子一尘不染，仍然爱听戏，少言语，做得一手好针线，小院里种的牵牛花爬满整面墙壁。

军官的妻子也去世了，想找个伴，回村见整齐利索的她也是独自一人，起了心思，托人去说和，想彼此做个老来伴。村里人说："这就是缘分，她从来就有当官太太的命。"

这一次，这个素心女子又让村里人判断失误了，她依然清秀的脸上挂着温柔的笑，轻轻回绝了来人："不能负了老实人"，温柔眼神的牵绊处是丈夫的放大照片。

生活的陀螺

　　下班后女人先去了趟超市，今天需要买的东西实在太多，她打电话希望丈夫来超市接她一下，但他没接电话。当她提着大包小包饥肠辘辘急匆匆往家走时，心里暗暗生丈夫的气。她猜想他肯定又和一帮狐朋狗友们聚会去了。丈夫酒量不行，又不会拒绝，次次都是舍命陪君子。他喝完酒肯定又开始倒醉，头晕、呕吐，吐了自然又得自己来收拾。她越想越生气，如果此刻丈夫回来，一定会被她的雷霆怒火震到十八层地狱里去。

　　吃完晚饭收拾利落已是八点多，电话仍然打不通。女人打开电视躺在沙发上放松一下，毕竟不再年轻了，上了一天班，颈椎腰椎都不舒服。十点了，随着时间的流逝，女人开始由愤怒变成了担心：在酒店喝完酒，他们肯定意犹未尽，一定又会继续到烧烤店连续作战。他酒量不好一定会喝醉，视力又不好，万一醉了没人送咋办？万一摔倒在马路上，别人发现不了咋办？今晚他会与谁在一起呢？会不会去了亲戚朋友家？要不要打电话问问？可是万一他没事回来了，自己反而会遭他同事和朋友们的嘲笑，再说传出去贪杯的名声对他影响也不好。今晚回来一定好好劝劝他，如果他不听，自己不妨把闺蜜教的"一哭二闹三上吊"的武林秘籍演示一遍，务必取得效果，她暗下了决心。

时钟已经指到十二点了，女人放弃了继续打手机，绝望地瘫坐在沙发上掩面哭起来。丈夫一定是出事了，否则不可能不接电话，长久的等待使她的头已经昏昏沉沉，记不清已经打了多少个电话，每次都是一个机械的女声重复"你所拨打的电话暂时无人接听，请稍后再拨。"结婚二十多年，他每次晚归都会打电话做例行汇报，从没像今天一样突然音讯皆无。

要不要报警？可是如果报警的话必须先得失踪二十四小时，否则不受理。什么破规定！二十四小时内所有的事情都已发生，再报警有什么用？她看看手表，现在距离他下班才六个小时。此时他也许醉倒在哪个角落里了，也许被夜晚玩赛车的男孩子撞到哪片绿化带里了，也许他正在盼望得到救助……她似乎看到象征生命的鲜血正一点一滴从丈夫身体里流失。

她感到头疼欲裂，恐惧笼罩了她。如果他出了意外咋办？双方父母年事已高正需要人照顾，孩子还未成人，车贷房贷还未还完，自己身体又不好……这个家从此就散了。她不敢往下想了，似乎那悲惨的结局已在她眼前展开。她不寒而栗，疯狂而混乱地呐喊着祈求着世间所有的神灵："上帝、观音菩萨、耶稣、老天爷，请保佑他没事，求求你们让他活着！"只要他平安归来，她发誓将从此不再抱怨他袜子乱丢，不再生气他家务活不干，不再干涉他爱凑场合，男人喝两杯是多么正常啊，为什么要生气呢？不再逼他戒烟，不再因为他看球赛到凌晨而骂他。被自责感笼罩的女人慢慢由压抑的小声啜泣过渡到哭得喘不过气来。

正当绝望的女人痛苦得死去活来的时候，门铃响了。她一个箭步扑到门口，门外是两个老同学陪着醉醺醺的丈夫。她怀着十二万分的真诚感谢他们把丈夫安全送回了家，却不知道他们两个在楼下不知下了多少决心才冒着被骂得狗血喷头的危险上来的。她破涕为笑，怀着失而复得的感恩的心情殷勤地给丈夫收拾着醉酒后的狼狈。那夜归的丈夫原本做好了迎接暴风骤雨的准备，甚至悲壮到有慷慨赴难的决心，没想到拖延了两小时竟有了意想不到的结局，"十点前回去下地狱，十二点后回去上天堂"，同学老练地嘱咐他。他不禁暗自佩服他们的英明。看到她那哭得花猫般的脸，依然清秀但已不再年轻，他心里掠过一丝怜惜，暗自发誓以后一定减少场合早回家陪陪她，决不再让她担惊受怕。

随着第二天阳光冉冉升起，他们的对白如下——

男人："又没钱了？昨天乱七八糟买了一堆啥？白乎乎的啥衣服那么贵，花了好几百能穿出去吗？我手机昨晚摔坏了，上班前我得先去换个手机。还有，老赵从上海回来了，今晚几个同学们约好给他接风。"

女人："昨晚你黄汤还没灌饱？今晚还喝？为什么不往家打电话？手机咋坏的？今晚又有谁参加？数来数去还是那一帮狐朋狗友！再喝得烂醉当心我打断你的狗腿！"愤怒重新统治了女人。

于是，一切又恢复了原有的秩序，生活的陀螺又转回到了原来的轨道。幸福的家庭是相似的，不幸的家庭各有各的不幸，正如网络上的一段话，深刻道出了婚姻的本质：所谓婚姻！大概就是有时很爱他，有时想一枪崩了他，更多时候是在买枪的路上看见了他爱吃的东西，买了吃的却忘记了买枪。回家想想，还得再去买枪！这种矛盾，恐怕每天都发生在每个普通而幸福的家庭中吧？

只要生命还在

　　八旬老父突然卧床不起，一刻离不开人照顾，我们兄妹轮流陪护他。
　　像一部衰老得无法找出原因的机器，难言的痛苦使得父亲异常烦躁，他接受不了自己突然就失去控制能力的现实。整整一天一夜，我忙着随他的口令扶起再放下他，有时能在十分钟内重复三四次。他嶙峋的瘦骨几近支离，衰弱的肌肉像破败的棉絮，失去控制能力的身子又异常沉重，因而不停地折腾使手臂变得淤痕累累。曾经那么和蔼的人变成了暴君，他愤怒而绝望，不停地大声抱怨、咒骂，拒绝合作，拒绝任何劝慰，徒然地抗拒衰老的命运。医生开的药物也安定不了他的神经，我们又心疼又无奈地机械执行着他的指令，一夜过去，我、丈夫、父亲都熬得眼中布满血丝。
　　在眼泪夺眶而出的刹那，我仓皇逃离。站在瑟瑟的寒风里，我突然对自己的未来感到一种空前的绝望和恐惧，父亲的衰老和病痛在我心中留下了莫名的压力。如果生命注定以这样狼狈、无奈、毫无尊严的姿态结束，那么我每日的晨起暮归到底有什么值得期盼的呢？我们兄妹多，能彼此商量和轮班陪护，精神都如此紧张。女儿就自己一个人，当我们的衰老不可抗拒地降临时，她该如何应对？这一刻，一种无能为力的挫败感和绝望情绪深深地控制了我。

在我消沉得几乎崩溃的时候，一件大衣披在了我肩上，丈夫也出来了，他叮嘱着："外面温度低，别冻着。"声音温厚得几乎滴出水来，不善言谈的他很少有这样的语气。

我抬起朦胧的泪眼，一向平凡普通的他在晨曦下几乎是帅气的。他继续温言相劝："别为人生最后几个月的痛苦而否定前面大段幸福的时光。我们将来可以相互照顾，我们还有女儿，将来还要当外公外婆。日子这么美好，多有盼头啊！"

是啊，无论生命处于高峰还是低谷，只要活着就依然有美好的期盼，鼓励着我们坚持下去。不管未来结局如何，至少我还能从容地把握今天，期待明天，就像席慕蓉所说：

大地不论有过怎样的冰霜，

阳光依然慈祥；

冰霜期不论怎样漫长，

春风会依然摇响三月的铃铛。

又到新芽吐翠时

　　搬到新家时，欣喜地发现楼下种了两棵芙蓉树，像比赛一样，三四年间已高到二楼的窗口。

　　春天开花时满树是粉到极致的妖娆，那小小的粉色花朵都有着精致而美好的灵魂，风一吹，朵朵小伞撒娇地招摇着，是那种让人一见倾心再见倾城的很小资的美。在丽日当空时，在芙蓉花满树怒放中，有白衣女子姗姗从树下走过，微风吹起她的裙角和发梢，让人赞叹着生命中最动人最蚀骨的喜悦和美好。几年来，看芙蓉树花开花谢，就是整个春天的历史记录。

　　然而有一天，我下班后回家，先是一阵不习惯，四处张望才惊觉那曾经老远就望到的如云的树冠陡然消失了，我伤心地发现芙蓉树躺在地上狼藉一片，树根上触目惊心地展示着电锯留下的斑斑伤口。我仿佛听得到它们的委屈：我好好地开我的花，究竟妨碍了谁？妨碍了谁？广袤的大地为什么就容不下一棵树？那在砍伐中凋零了一地的花朵，分明是树洒了一地的泪珠。那一夜，在飒飒的夜风声里，我依稀听到芙蓉树的慷慨悲歌。

　　第二天下班时，发现芙蓉树的尸体已经被办事效率极高的人士拖走了，只留下两个高出地面几厘米的树根惶惶然不知所措地蹲着，小区里倒是凭空多出了一个停车位。

　　车子是无论砍伐多少棵树都没有足够空间停的，一份美丽却从此无处寻觅。又到新芽吐翠时，从窗口再望出去时，我怅然若失，昔日的美丽已然不再，光秃秃的车位上只留下芙蓉树的伤疤，像停泊着两个凄苦的灵魂。

　　面对树疤，我总有种痛惜的感觉，那是凌驾于一切生灵之上的人类的不安与歉疚。

摆水果摊的女人

　　小区门口常年有个摆水果摊的女人，一辆农用车，摆满了各种应时水果。女人三十多岁，健壮的身材，一张经受风吹日晒后的黑红油亮的脸膛，很爱笑，一笑一口雪白的糯米牙，简直可以做牙膏广告。见人爱打招呼，每天见我下班回来，老远就笑脸相迎："姐，下班了，看给孩子拿点啥？"因为这种热情，我每次都忍不住多买些水果。

　　女人很健谈，在我挑水果的时候不停地聊着天。从交谈中得知她是山区的，两个孩子在家由老人看管，她和丈夫一人一个点各卖各的，她笑着憧憬着："等攒够钱他想回老家盖房子，我不干，我想先买个阁楼或是小点的二手房，城里房子虽然贵，但是钱好挣，环境好，将来接孩子来城里读书，争取一家人团聚，多好！"

　　像所有女人一样，她很爱美。看我盘着头，笑着央求我："姐，我买了个新头花，你也给我盘一个吧？"我帮她盘好了，她欢欢喜喜从包里掏出个小镜子前后照，又说"姐，你有穿不了的衣服，丢了可惜，送给我吧！拿回去给孩子们穿。"于是，每季我收拾衣橱时，总拿些我和女儿不穿的衣服送给她,她一叠声地道谢,非给抓上几个桔子或苹果。

偶尔,她也热心给我建议:"姐,你的衣服颜色太老气了,光黑白色的,幸亏你脸白,穿着还不难看,你该多穿颜色鲜艳点的,看着多喜庆。"我笑着点头感谢。

再后来,她又要过期的杂志,以为包水果用,她自豪地解释:"我初中毕业,看书不多,没事多看看书,了解一下发生的事,不能落伍。"后来我发现,只要不忙的时候她就在翻看书,看得很杂,有时是《青年文摘》,有时是《读者》,有时是《故事会》,有时是《祝你幸福》……

如果你从我们小区门口经过,你会看到一幅很动人的风景:一个年轻的女人,盘着整齐的发辫,戴着防晒口罩,穿着稍有点过时的素色衬衣,守着个偌大的水果摊,在没有顾客时,坐在简易躺椅中专心读着一本过期杂志。

一个凡俗女子,坦然地理直气壮地宣示着她对生活美丽而饱满的期盼。而她身边匆匆进出的人流中经常有些已经放弃了修饰自己的中年妇女,她们衣着面容丝毫不掩饰自己的窘迫与困顿,很随意地表现出对周围一切不在意的态度。

每次看到女人黑红脸上挂着的纯净笑容,耳听着那爽朗简单的话语,我心里顿时会涌起一种对生命的珍惜和感动。

欢若见怜时　棺木为侬开

在这个金黄的枫叶飘落的周末，当你忙完琐碎的家务，当屋子一尘不染、窗明几净后，亲爱的你，请煎一壶沸水，泡一杯红茶，耐心听我讲一个女子坚守的故事吧。

故事以千篇一律的解放战争为背景，刚新婚的小夫妻日子清苦而甜蜜。她刚刚怀孕，他欢天喜地地在院子里栽了一棵香椿树，叮嘱她说："不管生的是男孩女孩，名字都叫椿，好养活。"在去卖菜的路上，他被抓去当了壮丁，在行走路上，托遇到的老乡捎话给她："你带着孩子好好在家等我，我一定会回来的！"她抚摸着他的衣服哭得死去活来。

他走后，她开始了漫长的等待。每天忙完家里活计，她习惯性地到村口老槐树下张望，暮色中远远望去，纤瘦得像望夫的石雕像。雪白的槐花开满树时，在满村弥漫的槐香中，儿子降生了，按他的叮嘱起名"椿"。她小心呵护着他亲手种植的香椿树，像看到了他憨厚的面容，她舍不得摘一枝香椿芽吃。一有空闲她就抱着儿子站在老槐树下喃喃自语："爹从这里离开，也会从这回来。"

槐花开了又败,槐果结了又落,她一头青丝硬生生等成了苍颜白发。这期间,也有人劝过她:"别等了,一定死在战场上了,回不来了,你的好日子都等没了。"她坚定地摇头,"他会回来的,他说过回来就一定会回来!"

在那个贫穷的年代,战争、饥饿、天灾、人祸,一个年轻的小脚女人带着一个男孩子,艰难可想而知。白天忙着张罗拿什么填肚子养活孩子,光阴好打发。可是在孤独漫长的寂寂黑夜里,缠绵绕骨的思念会突然泛滥成灾,像蚀骨的毒药一点点吞噬着心灵,尽管牙齿把枕巾咬得稀烂,心仍然像深埋地下的铜器锈迹斑斑。自那人去后,一切良辰美景都不再与她有关,她是墙根角落里的蔷薇,开花不开花、芬芳不芬芳都已经无所谓了。从此无心爱良夜,任他明月下西楼,她是那对月流珠的鲛人,可良人在何方呢?

时间到了20世纪80年代,一纸飞鸿突然从海峡那边传来,他活着而且按政策要回家探亲了。捧着喜报,她沉寂了三十多年的枯井般的心突然复苏了,欢天喜地地除草抹尘,打扫庭院,他手植的香椿树已经枝繁叶茂绿荫满地了,她絮絮地叮嘱儿子儿媳:"多烙饼,你爹爱吃发面饼。"

三十多年来都不曾照过镜子,哪能这样子见他啊?慌慌张张地梳头,可拿起镜子的时候,她落泪了。少年子弟江湖老,红粉佳人两鬓斑,就像王宝钏在对水照镜时唱"十八年老了我王宝钏",青丝哪里去了?黛绿年华哪里去了?镜中的苍颜老妇自己都不敢认,他会认得出她吗?她忘了,时光对谁都是平等的。

魂牵梦绕的见面来临时,她恍恍惚惚如在梦中。那一刻,她竟然慌乱得像个少女,不敢抬头打量他。原来,他也不再是当年的愣头小伙了,胡子头发全白了。那一夜,他们哭了一夜,笑了一夜,叹息了一夜。他已在海峡那边安了家,有儿有女,但她不怪他。她知道刻骨思念的厉害,身处陌生之处,那种惶惶然如无根漂浮的失落感实在恐慌,是必须要紧紧抓住点实在东西才能支撑过漫长岁月的。

几天后,他按照规定日期回去了,她又开始了漫长但充满了希望的等待。第二次相聚,她已经患了老年痴呆病,连儿子孙子有时候都搞不清楚,当他握着她的手一声声叠问:"你还认得我吗?认得吗?"她定定地注视着,然后清清楚楚地叫出了他的名字,那是她胸口的朱砂痣,是早已深深镌刻在她的骨头中,渗透在血液里的。

第三次还乡的是他的骨灰,由台湾的妻子和儿子捧回。"惟将终夜长开眼,报答平生未展眉",今生报答不了你的刻骨思念,就让死亡成全了我们吧!海峡那边的女子也是真性情的人,她感动于大陆这个女人的坚守:"他陪伴我的岁月我很知足,死后我把他还给你,圆他叶落归根的梦。"今生有幸,他遇上了两个好女子。

白发苍苍的她用颤抖的双手抚摸着骨灰盒,就像抚摸着那张让她魂牵梦绕的脸,模糊了几年的意识突然清晰,她喃喃自语着:"你到底回来了,再也不走了!再也不走了!"颓然倒下去,从此就再也没站起来。几天后,儿子们遵照遗愿把他们埋在了村口的老槐树下——那是见证了他们爱情和生命的墓碑。

"华山畿,君即为侬死,独活为谁施?欢若见怜时,棺木为侬开。"隔着光阴,一支寂寞凄迷的歌,循着水光潋艳的波,由远而近,摇荡人心。一生的等待早已经成了习惯,她像痴情的华山女那样义无反顾地选择以死相伴,既然活着不能同帐相聚,就求死去同棺相依。"欢若见怜时,棺木为侬开!"你若是怜我情深,就请为我打开棺木吧。

爱,原本是为了相聚,无论生死。

女人的心思很好猜

有一首歌唱道：女孩的心思你别猜，你猜来猜去也不明白，不知道她为什么掉眼泪，也不知她为什么要发呆。其实啊，女人的心思最好猜，男人实在不必大费脑筋。

女人有个曼妙而可爱的问题叫"如果"。比如，所有男士们都被同一个问题苦恼过：如果我和你妈掉到水里，你会先救谁？答案千奇百怪，有拒绝回答的、有"你和我妈一起游泳的概率太小"的、有"你游泳技术好，我先救我妈"的、也有幽默答案"我谁也不救，淹死自己算了，让你俩再争"等。

其实，男人实在不必为难，答案很简单，不管是媳妇还是妈妈问，谁问就回答先救谁不就得了。你说先救她，她明知道是敷衍，可感觉就不一样了，一个很明显的善意谎言就能让她心满意足，哪怕为他上刀山下火海都觉得幸福无比，何乐而不为？何况，现代的女人哪个方面都不让须眉，甚至当灾难来临时，她首先想到的一定不是自己。她无非是想听到个保证而已，如果男人们连这个心思都猜不透，难怪她会陈谷子烂芝麻地找你麻烦。

再比如，男人们苦恼的另一件事是，家里明明有镜子，当她穿上新衣时，却一个劲追着你问：好看吗？你说好看，回答太快不行，她会说："你根本没抬头，怎么知道好看？"你说：不好看，那也不行，她会说："拿钱来，我再买件好看的。"爱一个人就不免希望自己更美丽，希望自己最美丽的样子能被他捕捉到，希望自己光彩的容颜如明月在对方瞳仁中永存。其实，男人只要诚心诚意地表扬一句就过关了，千万别吝啬自己的赞美。

再比如，当两人散步时看到别的女人，狡猾的她会装作无意地虚心征求你的意见："那个女人美吗？"你如果说"美"，哈哈，恭喜你有麻烦了，她会立刻醋劲大发："既然那么好看，你去快追上去看个够吧！还跟着我干嘛？"如果你答"不美"或是"不错，但没有你好看"，她心中窃喜却立刻故作大度地反驳："你用不着不敢说，那么虚伪干嘛？我看她挺好看的。"如果你实在怕找麻烦的话，不妨茫茫然回顾一下四周："谁？你说的是哪个人？"她顶多抱怨一句你的眼睛不太灵活，就立刻满意地放弃了。

其实，纠缠来纠缠去，不外乎希望你对她的关注能多一点，再多一点。情到深处不讲理，为爱的人，不妨大度宽容一下，甚至小小享受一下看透她的小心思的得意。因为，爱虽然坚韧，有时也会像一池碧水、一束繁花、一件锦衣，如果不及时呵护欣赏的话，迟早会干涸、凋谢、褪色。

到那时，你可别抱怨我没提醒过你啊！

爱错一步即天涯

他和她同时进的公司,进出间自然比别人亲热许多,彼此称兄道弟,几乎没了性别差别。她喜欢一身白衣白裙,黑色长发随风飘洒,他常想如果用手捞一把该多好,但他不敢。她太出色,而他太普通,自卑令他不敢表白,怕遭到拒绝连朋友都做不成,又舍不得离她太远,于是退而求其次成了哥们。

在迟疑的几年间,他眼睁睁看着她成为别人的新妇,看她由一朵柔弱的小花变成一朵怒放的玫瑰。丈夫家境很好,她开着名车,提着名包,衣着时尚,很是风光。

后来听说她老公闹绯闻,沸沸扬扬,满城风雨。据说对方怀了孕,不达目的不罢休,闹到她公婆单位,公婆都是有头有脸的人物,出不得差错,于是明里暗里软硬兼施,她四面楚歌泄了气,莫名其妙又恢复了单身。

他心疼地眼睁睁看着她在他眼前迅速枯萎,一头又黑又亮的青丝剪得短短的,像个调皮的小男孩,她苦笑着自嘲"剪断万千烦恼丝",他觉得这是他的机会,她绕了一圈又回来,是上天对他的眷顾。

从小零食到玫瑰花，试探性的橄榄枝一点一点传递过去，她却犹豫惊疑，不敢确定，在爱情的道路上跌倒过的女人成了惊弓之鸟，刚刚三十岁却已失去了当年的锐气和自信。在接到玫瑰花时脸色反常的红润美丽，不是不激动，只是不相信，她眼中的黄金王老五会看上自己这秋日弃扇，即使在她是自由身时也没招来他的青睐，所以她才不敢再等，匆匆嫁了。怕自己会错意，她开玩笑地婉拒他的痴缠："别胡闹，都是成人了，让人笑话。"

　　然而内心却从此有了期待，久已消失的自信也让她重新焕发光彩，皮肤开始滋润水滑，红红白白有着成熟女人独特的魅力，眼睛又开始水汪汪的婉转含蓄。每次望着黑葡萄般的眸子，他真想溺死在那醉人的温柔里。

　　焕发出第二青春的她业务越来越熟练，工作上开始独当一面，处世大方得体，曾经的挫折使她更有了一份别人少有的体谅与宽容。她自信、美丽而乐观，她变得比少女时更有韵味。

　　离婚后的丈夫日子并不太平，那欢场中的女子懒、馋、任性、自私、肤浅，家里满是散乱的衣服，打扫卫生、洗衣、做饭都是他，而怀孕只是逼他离婚的手段。当曾经的刺激变成触手可及，当柴米油盐上升为每日的必修课，他开始怀念起原先衣来伸手饭来张口的幸福。眼见前妻越来越有魅力，他不由起了心思，开始找各种借口重新接触她。公婆也开始念起她曾经的好：屋子收拾得一尘不染，知书达理，善良文静。

　　他心慌极了，怕她再回头，毕竟人家几年的夫妻情摆在那里。纠结了一夜，早上推开窗户，很好的阳光。太阳出来了，勇气发芽了，他决心这次一定勇敢主动，给多年漂泊的感情找个落脚点，给爱一次机会，别再错过一步从此天涯。

　　推开门，他愣住了。门外，她笑靥如花递上一束玫瑰："谁规定只许男人主动？"

　　那一刻，他才领略到心花绽放时竟有石破天惊的震撼力度。

主妇的周末

主妇的周日是忙碌而琐碎的。用一方丝巾裹起长发，放开最喜欢的音乐，开始除尘洒水，卷袖洗衣。当屋子最终一尘不染、窗明几净后，一种成就感溢满心间。

紫色的落地纱幔在随风轻拂，吊兰的新芽又冒出几枝，去年买的绿萝如今已经枝枝蔓蔓，嫩绿的枝芽攀爬到窗棂上，竟大有反客为主的意味。打扫干净后边哼唱着边把该洗的衣服洗得干干净净，该熨的衣服熨得平平整整。

我习惯在忙碌中偷得浮生片刻闲。先煎一壶沸水，泡一杯浓浓的香香的普洱茶，然后或沉静下心来细细品读一个荡气回肠且结局圆满的爱情故事，或怀着一颗柔软的心信手涂写一个平凡妇人的絮絮琐事，林语堂曾说过：晨起，盥罢，执笔记一点意思，无意为文，而偶然写成一文，此文必佳。或浴罢看书，迫得起来执笔，或灯下独坐，文思涌上心头，一开头欲罢不能，此文亦必佳，或是上网浏览、购买几卷最新上架的书，或听一段程派的青衣好段子……让眉目在曼妙的戏词中变得逐渐清雅。

人到中年，会自然从内到外散发出一种成熟、沁人心脾的魅力，这是一种经过生活的长久历练而产生的美丽，饱满、厚实、耐咀嚼、耐欣赏，就像装在晶莹剔透的玉瓶中自然透露出的荧光。中年主妇的美丽不必国色天香、沉鱼落雁，而是实实在在的。操持着繁杂的家务却始终保持清爽洁净的仪容是美丽；一番洗刷后立刻细细涂上护手霜是美丽；临出家门前记得涂匀脸庞上那抹淡淡的胭脂是美丽；走路时能保持腰身的挺拔和鞋面的纤尘不染是美丽。其实，美丽可以体现在很多方面：是面对诱惑的委婉拒绝，是待人接物时温婉自信的微笑，是举手投足中的优雅与雍容，是面对荣辱尊严时的坚贞执着。

原来，主妇们想成就自己的美丽很简单，只要在平凡琐碎的日子里时刻保持一颗敏感的捕捉美好的心即可：一段情真意切的文字，一个可爱调皮的笑容，一首旋律优美的曲子……都能让我们体会到生命的从容。只要能保持感受并欣赏真善美的能力，就意味着有了宽容、仁慈、善良、乐观的心态，这样的女人怎么可能会丑陋？

人安茅屋静，心淡世路平。相由心生，境由心造，一个家庭的温暖要看这家的主妇是否知足惜福。人该有自知之明，像我，充其一生，也没有能力干什么大事情，不如脚踏实地尽好自己本分：称职的教师、孝顺的女儿儿媳、通情达理的妻子、善解人意的母亲。

正如此刻的我，一个忙完家务的主妇正在享受美好的当下：布衣素面，煮一锅浓浓的红豆薏米水作茶，双手在键盘上任意翻飞，笨拙而谦卑地试图将岁月时光所沉淀的阅历、日月精华所赋予的灵性能展现哪怕一点出来。音响中萦绕着女儿热情推荐的歌曲：

　　谁把红豆一丝一缕磨成香
　　让相思从缝隙里溢成江
　　惊鸿入耳 温柔了沧桑

愿喧嚣尘世把我们遗忘
……
听你眼睛里的光
听爱在耳旁发烫
听我们在心墙的两边刻满地老天荒
地老天荒
……

　　新的一代有自己对美的品味和欣赏，我们实在不必草木皆兵、事事挑剔。在这个天气晴好的周末，我怀着一份对生活敬畏和感激之心，坦然自在地细品属于自己的祥和光阴，那煮得正好的薏米茶，正适时散发出令人回味的幽香。
　　当生命的悲喜在季节中轮回，当锦瑟的韶光渐行渐远，再也无法掬起，而我正坐在这里，静静地，看着时光老去……

凡人的爱情

　　大概所有女子对爱情的向往都大同小异吧？比如，都向往那种惊心动魄的传奇邂逅，结局多少再带点悲剧色彩，这样的爱情往往最能惹出女人的眼泪。

　　随着年龄渐长，我发现自己的爱情观越来越落伍，越来越世俗。有时看见一对老夫妻手牵手小心翼翼地过马路，或是一个推着轮椅中的另一个，边小声谈笑边慢慢散步，心立刻就会变得柔软湿润。这才是爱情，没有心潮澎湃山崩地裂的震撼，却有着柴米夫妻的亲密无间，是一种贴心贴肺的温暖。

　　爱是什么？是一粥一饭细火慢炖的朝朝暮暮，是一颗鲜葱一把油菜里的味永难言，是烟火世俗夫妻商量该给老家拿回多少钱合适、该给本家侄儿结婚随多少礼钱的琐碎细微。

　　世界上并不是只有战争、地震、末日来临等大灾难降临才能证明我对你的爱有多深，把凡俗的日子过得风生水起、有滋有味并且有始有终才是真正不容易的。

他不会甜言蜜语，在我和女儿惹恼他时只会皱皱眉头；在惹恼我们时却永远憨憨地笑，买来我们喜欢的东西来求得谅解。他永远记不住那些扰得他头痛的各种属于爱人的节日，鲜花、巧克力更不在计划之内。他只会在我洗床单时赶紧上前抓住一头帮我扯平整；下班后匆匆到超市，细心挑选我和女儿爱吃的东西，然后把厨房当成修罗战场，一番厮杀后遍地狼藉；在我洗碗后有一搭无一搭地聊聊当天的琐事；在超市里榴莲二十八元一斤时买三块用保鲜膜剥好的，再三嘱咐女儿："你吃两块，给妈妈留一块"；在榴莲降价为十八元一斤时买一整个，笑呵呵地吩咐说："你吃一半，妈妈一半。"对他的深情，我了解并感动。

其实，女人很容易知足。我在最美好的年华，为你弃了珠围翠绕，宁愿布衣荆钗素裙，无怨无悔地为你养儿育女，为你操持家庭，和你供奉父母，只是因为爱你、疼你、理解你、帮助你。属于女人的好日子实在太短暂，如果得不到相应的尊重与回报，纵使举案齐眉，到底意难平。

归根到底，谁遇到谁都是宿命和缘分，都应该感恩并珍惜。毕竟，不是每个人都那么幸运，在蓦然回首时，都能遇到"那人却在，灯火阑珊处"的爱情的。

家政魔手

当初选择他其实是有我的小算盘的，朋友极力表扬他是学物理的，心灵手巧。我是文科生，对于物理方面的知识从初中就没弄明白过，私下里认为学物理的一定很聪明，可以和我互补。即使从最实惠的角度看，家里有个精通电学和力学的基本修理那还不是手到擒来。

谁知，他却用了二十多年完美论证了理论与实践是完全两码事。在家庭实战演练中，他成功升级为电器杀手。小毛病被他一修成大毛病，大毛病被他修得彻底报销。而他仍然不辞劳苦地修理着，二十年如一日。

客厅天花板的灯泡有几个不亮了，他自告奋勇要修理，买来几个小灯泡后，在女儿的协助下兴致勃勃地开始工作。等我下班回家，灯泡是换上新的了，拆下来的灯饰却忘记了安放的顺序，无论如何恢复不到原来的外形了。修理的结局是重新安装了客厅的大灯，花一百元拆除旧灯、运走。人家还在那里沾沾自喜："还是新的好看，多亏了我才换成功。"

随后厨房的油烟机又开始了被修理的噩梦。可能清洗油烟机的工人没有拧结实吧，一个螺丝掉了下来，他吹嘘着小菜一碟，拧来拧去螺丝掉到油烟机里面了，我帮他把油烟机拆下来，试图找到小螺丝。女儿嘻嘻笑着预言："等爸爸拧上那个螺丝，低头一看地上，哇，掉下一堆螺丝。"事情后来是这样发展的：他在找螺丝时不小心用工具把玻璃罩砸了个裂缝，想用胶水粘起裂缝却用手指头把一块玻璃戳进了油烟机里，在他的努力修补下由一开始的裂缝逐渐变大，由开头的手指头到最终伸进了整条胳膊，到最终报废。于是油烟机又更新了。

日复一日，年复一年，他修理着，破坏着，兢兢业业。我旁观并心疼着我们的钱。

偶尔拖一次地，结果也是让人啼笑皆非。璐儿曾向姑姑嬉笑着告状："妈妈安排爸爸拖地，结果常常是：怕吵到我，我的卧室不拖，书房忘了拖，阳台不用拖，厨房待会拖，只在客厅划拉几下。"

春日的下午，很好的阳光，在阳台上浇花的他突然唱起歌来，女儿笑嘻嘻地捂着耳朵做出逃跑的样子，嘴里乱嚷着"妈妈，我可没打爸爸"，我也笑"我也没打他"。一向沉默的他在那个下午几乎把他知道的所有歌曲唱了一遍，那份不知名的喜悦深深感染着妻女。

某次在下晚自习后，璐儿刚要上校车，却突然收步，对同学说："我去看看爸爸在不在。"同学惊诧莫名，她解释说："我妈妈主张对我放养，鼓励我坐校车，爸爸却无处释放他那伟大的父爱，他们争执的结果是我每晚坐校车，爸爸偷偷开着车跟在校车后面，还自以为我不知道。"

每晚他不等头接触到枕头就已鼾声四起，从来不做梦，璐儿笑嘻嘻地说："爸爸做的梦内容很好猜，一定是梦到他自己在做梦。"这是一切有福气的人做的梦。

似水流年，浮生若梦。岁月像风一样，二十多年的婚姻生活在指尖不经意间就过去了。种最好养的花，做最简单的菜，读轻松的闲书，唱走调的歌，平凡、乐观、知足，不争不抢，不过分聪明，安分守己地给我们母女一份最踏实的幸福安宁。

第三辑　家有儿女

暑期恩仇录

　　暑期伊始，电视抢夺之战就开始了。
　　人生最扫兴的事，莫过于正当扑朔迷离的案情开始揭晓谜底时，或女主人公即将决定花落谁家时，女儿走了出来，她夸张地舒展着腰表示作业做得太累了，然后理直气壮夺过遥控器，心安理得地看起那些吵得人神经痛的节目来，也不管我是否眼都绿了，脖子是否粗了，笑靥如花地请求："老妈，来盘水果。"那笑容能把人满腔的怒火硬生生顶回去憋个内伤。可怜我还得做出慈眉善目、贤良淑德的慈母形象，柔声劝道："我的儿，要多喝开水多吃水果。"
　　无声之战在持续，我开始抱怨是谁发明了暑假，抱怨学校不负责任，都高三了，学习如此紧张干吗不赶紧把他们召回学习集中营里，最好是严格施行军事化管理，最好一个月放假一天好了。若有令，召必回，我会第一个积极响应号召把她送回学校去。
　　然而，敢怒不敢言，抱怨解决不了任何问题。我只好重操主妇老本行，洗衣服、清除枯叶子，整理房间，边清洁边紧张地推理着凶手该是谁，邪灵最终会如何消灭。探探头，女儿继续看没完没了的什么歌手比赛，天啊！干脆让邪灵也来把我抓走算了。在整理她的床头柜时，我的精力突然集中了。上面摆放的还是她上高一时阅读的书籍。那时她正迷恋《暮光之城》，于是我买来全套送给她。还有一套阿加莎探案小说，那是我的最爱，被她以不容置辩的理由"老师布置多读书"抢去。我灵机一动计上心来，小丫头，跟你老妈斗，你还嫩了点。

我立刻精神百倍地忙起来。先把这两套书撤掉，再目的性极强地精心挑选了一批书，按顺序排列在床头柜上，精确到保证她一落枕，眼光刚好扫描到的位置。高三学习紧张，长篇小说费时太长，她爱看的亦舒、张小娴等藏起来，不能招惹她。但小说阅读在考试中占一定比重，那就来点惊险刺激的短篇《世界悬疑小说百篇》等，神经绷得太紧也不行，轻松幽默的欧亨利、契诃夫、莫泊桑的小说紧跟上。且慢，太轻松了万一忽略学习咋办？山人自有妙计，地理、历史知识不足交给余秋雨的《行者无疆》《山居笔记》负责弥补；补充诗经的任务拜托给安意如的《思无邪》负责；讲解诗词由《人生若只如初见》《烟花散尽在何处》负责；至于优美语言的积累就是张晓风、席慕容、毕淑敏等人的责任了。

此刻的我像诸葛亮一样稳坐中军帐，气定神闲在调兵遣将，自我感觉有一番智慧过人的逼人气派。记得《甄嬛传》热播时，女同胞们兴致勃勃玩手机上一个测试，叫"测试你在宫斗中会成为谁？"我窃认为以自己智商不成为皇后，怎么也能成个皇贵妃吧？结果大跌眼镜，测验结果让我很丢脸，我的脾气决定了最多当个宫女，还是像夏迎春一样不等跨入深宫大门就被华妃赏了"一丈红"乱棍打死的那种，连灌藏红花、赐鹤顶红等高级点的刑罚都没资格尝试。测试结果一公布，我那些有资格喝鹤顶红的女同事们趁机把我大大嘲弄了一番。

一番紧锣密鼓布置以后，我自问有着神探夏洛克的深沉和心机，强压着内心深处的得意，面不改色心不跳地开始倒计时：

五分钟后广告开始铺天盖地而来，她会起身去喝水找零食。然后会每隔几分钟到电视前巡视一次，但以她的性格绝不会为广告耽误一秒钟，于是她就会回到卧室。不，她不会再做作业，今天任务肯定已经超额完成，她开始倒在床上小憩，在她摸手机之前眼光会无意识浏览一遍，于是立刻发现摆放的书有了变化，来不及思索她就会抽出一本，至于是《契诃夫小说》还是《欧亨利小说集》，这要从是否传出的笑声断定。估计大约需要一小时，她会猛然发现看小说时间稍有点长，会纠结矛盾一分钟，然后理智占了上风，开始抽出与学习紧密相关的书，放心阅读起来。然后就是——这个夜晚她不会再出来。

一切如我所料，今晚果然再没看到她在房间里遛达，当我借口送水果进去侦探时，我看到她正咬牙切齿地与一部《影响世界的历史事件》结下了仇怨，斗志昂扬地打响了攻坚战。

于是，军号未吹响，钢枪未擦亮，行装未背好，部队还未出发，小小叛逆者已被收服，电视争夺战已悄悄被镇压，硝烟未起已经云散，和平、安定、自由、祥和重新弥漫在夜晚的静谧里，混合着夏日各种浓郁的不知名的花香，如此美好的夜晚让一切热爱和平、热爱生活的人们满怀感恩。

愿众神与我同在，哈利路亚！

芳香盈屋

每逢过节，我都喜欢买一大束百合花，选那种一簇簇半开半合的花束，洁白的花瓣深处微露出嫩黄色的小小花蕊，用结成蝴蝶结的红色丝线扎着，极是娇艳朦胧。

回到家，和女儿迫不及待地修剪整理好，插在那个很精致古雅的花瓶里，那是我犹豫了好久才下决心买下来的。顿时，百合的清香充盈满屋。女儿喜悦地搂着我的脖子叫道："妈妈，我好喜欢这种香香甜甜的感觉。"我也喜欢这种快乐的气氛，一抹芳香就足够凸显出简单又热闹的温馨。

回忆小时候，日子是如此贫困。可是每逢过年，母亲仍然尽她最卑微的力量为我们张罗出一种欢乐的气氛。母亲买来几张雪白的纸张，指挥着我们把窗棂上风化的破旧不堪的窗纸细细除尽，然后把新纸用浆糊贴在窗棂上。昏暗的土屋立刻明亮许多。她再把红纸折叠几下，只见手中剪刀飞舞，不一会，或是一张"福"字，或是一枝含苞待放的红梅，或是一个憨态可掬的胖娃娃，栩栩如生地在母亲的剪刀下出现了。把剪好的窗花贴在雪白的窗纸上,很奢侈很富丽堂皇的感觉。在我们的拍手叫好中,新的一年来到了。

母亲于无言中把这种天然的求美求好的品性深深植根在我们心中,为此,我们永远感激她。有了这种力量,无论日子多么艰难、窘迫,都能一天天过下去。那红艳艳的窗花成了我们人生路上的一种安慰和精神寄托。

如今,百合花正幽幽地吐露着芳香,那香气充盈在屋子的每个角落,一种安静又细致的幸福正在慢慢酝酿。我希望这种幸福能陪伴着女儿的成长,并时时温暖着她那颗年轻稚嫩的心灵。

爱的轮回

女儿爱乱翻我的东西，美其名曰"淘宝"，就像小时候我总爱翻母亲的大樟木箱子一样。

一天，她翻出了我最早的一张一寸相片，黄黄的泛着光阴的痕迹。她小心翼翼地用手机拍下来，传到电脑上放大后惊奇得大叫："妈妈，你小时候好可爱啊！"

"可爱"？一个多么遥远的词语，与我有关联吗？照片中的我，顶多有三四岁模样，又黑又圆的眼珠，乱蓬蓬冲天的小辫，肥嘟嘟的脸蛋，圆圆的鼻头，小小的嘴，分明是女儿的黑白版本。原来，我也曾是父母怀里爱撒娇、爱做梦的小女孩，并不是生来就一副健忘、唠叨、严厉的妈妈形象啊。其实，哪个妈妈不是父母们掌心里的宝贝呢？我们也有过藏云捉月的快乐童年。只是我们在变成母亲以后，心甘情愿把自己的女儿心性收藏在了不为人知的地方，偶尔也会偷偷回味一下曾经做女孩时的光景。

搜索我童年的点滴，把琐事复制，再粘贴在记忆的模板上。果然会发现母亲也曾有细微的不寻常处，她也分明是在回味旧时光景。母亲偶尔会自言自语地回忆自己那时的事情：说被我们弄丢的耳环是翠玉的，那时一般人家的女儿只戴得起银耳环，翠玉极少见；说过年时节唱戏的搭台子，谁家打赏的钱多就靠近谁家，姥爷出手大方，她在自家门口就能看戏；女孩子凑在一起比谁的针线活细致，都羡慕她……

母亲说这些的时候神情欣悦，眼神飘渺，似乎忘记了柴米油盐，似乎进入了另一个神秘的世界，在那里她还是备受宠爱的小女孩。我慌了神，害怕她会像织女那样飞走，担心爹的枣红马不能像牛郎的老牛那样，有带我们飞起来追赶的神奇力量。幸而，母亲很快回过神来，默默地又围着锅台忙碌起来，我才放下心出去玩去了。

仔细想想，世间无论多美丽多娇柔的女孩子，一旦转换成母亲的角色，立刻转移了她的世界重心。她会完全为那小小的孩童而控制：笑为他笑，哭为他哭，急他所急，痛他所痛。如果她的孩子有危险，再温柔的女人会顷刻变成凶猛的母狼。当然，如果想要讨女人的欢心，最万无一失的绝招是赞扬她的孩子。无论那孩子眼睛有多小，鼻子有多塌，耳朵招风得有多可笑，脾气是多么怪癖……在她，那是世上独一无二的珍宝。无论多含蓄的女子，立刻会因了你的赞美放松所有的警惕。

刚毕业的阳光女孩，在我们闲暇聊天时，都曾经笑话女人的话题有多狭窄，烟火气有多浓，永远围绕着孩子为中心。可往往嘲笑得越厉害的女孩，当她成了母亲之后，就会变成最迫切挑起孩子话题的那位。这种爱的轮回是女人的宿命，没有谁能躲开。每个女人都深知溺爱孩子的危害，也都努力去鞭策自己要严格管教。但是当迎着那娇嫩如花的小脸蛋时，多么骄傲这是自己创造的生命奇迹啊！心一软，怒火会莫名地浇熄。

所以，在管教孩子的家庭战争中，女人都是两面派。孩子在任性时，妈妈会急急地向爸爸告状，希望他能拿出男人的威严来惩治那小小的叛逆者。爸爸被怂恿得终于怒火中烧，在妈妈的一再鼓劲下，把自己武装得威风凛凛、杀气腾腾，准备去给那个搞破坏的小家伙一个下马威。

但是，只要那小家伙无助地喊一声"妈妈"，妈妈立刻倒戈叛变，反身攻击起那可怜的不知所措的爸爸。甚至把恋爱时最喜欢听的关于他如何淘气闯祸的往事都丑化成了他的罪证，用"你几岁时还怎么样呢"的句式，来证明孩子是多么应该原谅。面对局势的错综复杂，爸爸往往会仓皇撤兵。否则，稍不小心，战火会引到自己身上，那健忘却又记忆力惊人的妈妈会忘了眼前发生争执的原因，转而盘问起地板上的脚印是不是爸爸又没换拖鞋就踩上去的，或是某月某天到底和谁喝得那样烂醉，声讨会一直延伸到恋爱时他答应却没做到的小事……在妈妈翻检那些陈谷子碎芝麻的时候，那挑起战争的小肇事者就狡猾地趁乱溜走了。

同样的故事在每个家庭都上演着。只是换了时间，换了地点，换了演员，主题却千篇一律——"爱"。生命就是这样一代代延续下去，爱也在不停地轮回下去。

153

爱的宣言

夏日的黄昏天空依然明亮，落日的余晖未尽，一切都笼罩在晚霞的灿烂里。小区里的花开得正艳丽，空气中有浓郁的花香，一切都那么温馨舒服。

路过春晖小学，正是孩子放学的时间。车子几乎挪不动，然而我心里并不着急，反而悠闲地细细体味"春晖"的意境：春日的阳光，多好！充满了朝气蓬勃的生命力。路旁站满了家长，年轻的妈妈们焕发着着母爱的光辉，热情幸福地在交流着自己孩子的情况，话题细小到刚掉的一颗虫牙。

大门一开，飞出了一群快乐小鸟，两个小天使一样的女孩边走边认真争论着。细细一听，话题让人忍俊不禁："我妈妈是世界上最漂亮的！""我妈妈才是！"

我不禁粲然，多么熟悉的话语，这是每个孩子最初骄傲地对世界发出的爱的宣言。曾几何时，我在女儿心中也拥有如此重要的地位啊！尽管他们很快就会明白，自己的妈妈其实只是一个平凡而卑微的妇人。

由于工作单位在西城，而十几年前开私家车基本上是天方夜谭。于是每个清晨当大家还沉浸在梦乡时，我已经早早张望着城市的第一班早车；当晚上拖着疲惫不堪的脚步回家时，家家窗口已透露出柔和温馨的灯光了。

女儿上幼儿园时，先生开始抱怨起来。他说："大家都上班，我不相信就你的时间那么珍贵，单位不是有接孩子时间吗？我一个男人整天自行车后面绑个小车座子，里面装着个孩子，像什么样子？别人家可都是妈妈接送的！"

那一刻，他的抱怨深深刺疼了我，整晚我故作忙碌地把自己埋在书中头也没抬，我不知道该怎样向在机关工作的他解释我们的职业性质。教师职业并不是单纯上完几节课就行的，后续工作如备课、批改作业、教研等安排得紧锣密鼓。如果哪天请假，就必须把课调到另一天。但一天内课太多了不但学生接受效果不好，课也备不充分。我是宁肯早到半小时也绝不敢冒险掐着时间到校的，不是同行怎能理解被四十多双亮晶晶的眼睛期盼的滋味？

所以，即使有时再不舒服咬咬牙也就熬过去了，不到万不得已，绝不请假。这些，他了解却不理解。在男人眼里，接送孩子是多么麻烦无奈，可是有哪个妈妈不当成一种特殊荣耀呢？年轻的女人笼罩在初为人母的圣洁光环里，骑着小巧的女单车，可爱的宝宝椅里面坐着粉嫩如蔷薇的珍宝，这样子的女人才是美丽圆满的啊！

一个傍晚，女儿和小朋友吵架了，气呼呼地坐在她的小椅子中面对着屋门等我。我一进家门，她就大声告状："我说我妈妈是世界上最漂亮的，徐晨雨说我撒谎，说她妈妈才是世界上最漂亮的，还说我爸爸根本不如她妈妈漂亮。妈妈，你什么时候去幼儿园接我，让她看看啊？"小孩子动不动就谈世界，其实她的世界无非就是家和幼儿园。女儿的心愿让我心酸，我不能只盼望到放假才去接她了。

机会终于被我等到，在参加完一个全市教研会后，我打扮得整整齐齐及时站在了幼儿园门口。家长们三个一群五个一伙地聚在一起骄傲地谈论着自己宝宝与众不同之处，我一个也不认识，孤零零站在那里盼放学。

尽管孩子们全都穿着一模一样的园服，女儿一出来，眼睛高度近视的我立刻认出来了，母亲的第一感觉往往是独特而敏感的。女儿看见我后的表情我终身难忘。她先是不相信地四处张望了一下，然后得意地拉着身边的小朋友大喊："那是我妈妈啊？真是我妈妈啊！你看，我妈妈是不是世界上最漂亮的？"我鼻子一酸，眼泪夺眶而出。

多年后，在这个晚霞满天的夏日黄昏，在沁人心脾的花香中，重新听到童稚的声音所发出的最真诚的爱的宣言，我心里有一个角落柔软得几近湿润。

一路欢笑

晚饭过后，很凉爽的夜风。忍不住美好月色的诱惑，下楼去散散步。

这几年东城的绿化越来越好了，小区围墙上的蔷薇开得如醉如痴，老远就能闻到浓郁的花香，让我们也能感受"开到荼蘼"的浪漫。在东营这方盐碱地上成活一棵树的成本惊人得高，那些终于挣扎着活下来的树，竟也长得很好了，摇曳着温暖细致而又有光泽的叶子，带着一种抗争后胜利的谦卑和淡定在晚风中飒飒吟唱。

隔壁女人也出来了，即使散步也依旧妆容精致。我们边信步走边闲闲聊着，在如此美好的夜晚无论讨论什么话题都是多余，我轻声附和着那些细琐的话题。毕竟一个女人在夜晚散步总有点别扭，有个伴是好的。

正走着，一个四五岁的小男孩突然像个小火车一样冲了上来。先是拦在女伴面前，小胳膊小腿尽量伸展得很开，形成个"大"字，嘴里念叨着："不让你走，就是不让你走。"

女伴突然烦躁起来，不耐烦地格开他的小胳膊："讨厌，抓得衣服都脏了。"男孩一看狙击失败，转而冲到我面前拦截起来。整天和孩子打交道的我立刻兴致勃勃地积极应对，我向东他立刻向东，围追堵截甚是狡猾灵活。

女伴在前面不耐烦地喊："别理他，你推开他就行。"这么调皮可爱的孩子，哪里忍心扫他的兴致呢？灵机一动，我做出失败的样子，把双手高高举起以示投降，孩子得意地哈哈大笑。我用手指轻轻抚摸着那蔷薇色的小脸，圆圆的脸蛋上绒毛还没褪尽呢。我轻轻敲着他圆圆的小脑瓜："芝麻芝麻开门吧"，他瞪着乌溜溜的眼睛一动不动，"扁豆扁豆开门吧！"我继续尝试着记忆中各种蔬菜瓜果。当我喊道"黄瓜黄瓜开门"时，这个小调皮满意地给我让开了路。

那边厢，年轻的妈妈气急败坏地赶上来，责备着："干嘛拦着阿姨走路？快向阿姨道歉！"我笑着摆摆手，娱人娱己，何来打扰？小家伙得意地唱着"芝麻芝麻开门吧"、"扁豆扁豆开门吧"牵着妈妈走了，边走边回头向我大力挥着小手。笑声歌声像珍珠撒了一路，蹦跳在悠闲散步的人心里，暖暖的。

再次走在一起，女伴依然在抱怨着细细碎碎：不省心的孩子、多变的天气、好事的同事、恼人的上司……四十多岁的人了，仍然感觉全世界都与她作对，我很遗憾她忽视了眼前许多该珍惜的美好。

请原谅，这一刻我突然注意力再也集中不起来了，一路上，我微笑着却再没听进去一句抱怨，我真的不想错过路上点点滴滴的美好风景。

亲爱的朋友，请安静地享受我们的今天、我们的此刻，从容地去领略生命中每个瞬间的美好与尊贵吧！

惆怅时光如梦

难得女儿有心情陪我逛一次街，不时有熟识的人打招呼，"女儿长这么高了？""真是女大十八变，越变越好看了！"听得多了，我不禁凝眸细细打量起她来。

如今的孩子营养好，刚刚十七岁的女儿，已经高出我半头。穿着一身黑丝绒运动装，年轻人穿啥都好看，极普通的运动服穿在她身上舒服养眼，修长的腿像小鹿一样轻捷，又黑又亮的马尾辫随着轻快的步伐几乎飞起来。这一打量吓我一跳，不知何时，她竟偷偷长成个漂亮的大姑娘了呢。

我突然感到一阵惆怅，这些年的时光都跑到哪里去了？直到这一刻之前，小小的女孩都在我的视线里用着缓慢得几乎不令人注意的速度成长着。

每天早上总要为赖几分钟的床讨价还价；周末十点之前休想起来，美其名曰"享受睡到自然醒"；从小抗拒睡午觉，一旦放弃抵抗妥协了却能酣睡得我心惊肉跳，几次三番伸手指到鼻端去探探还有没有气息。

上初中后每天晚上在自己的书房里认命地做着那永远也做不完的作业，认真的圆圆面孔让人心疼。偶尔会装着喝水在电视前转来转去，故作无意地瞟上几眼。如果我来个突击检查，总会在课本下缴获本小说或mp3。

出门之前能把人气死。校服还好，一分钟搞定。可以不穿校服时，她有本事一秒钟之内能把你整理一天的衣橱弄个天翻地覆，即使要穿的衣服挂在她的眼皮上也依旧找不着。

请求妈妈帮忙梳头却不是嫌高了就是嫌低了，最后总是赌气拆了自己再扎。和马上就见面的同学发着长得让人生气的短信，全不超过三个字：

"来吗？"

"来"

"在哪？"

"格子屋"

"骑车吗？"

"老爸送"

"哈哈"

"耶"……

一个电话就说清楚的事总要发二、三十个短信。

在与她分分秒秒斗智斗勇中，时光慢慢消失了。在这个春日的夜晚，我惆怅着时光如梦。十几年在我的疏忽中竟然一闪就过去了，我困惑于时间和空间的猛然隔离。

我想告诉母亲，现在我终于体会到她常常念叨的那句话了——日子可真不禁过啊！

可是我突然意识到，母亲离开我们已经两年了！

做回阿 Q 也不错

女儿放学回家愁眉苦脸："今天因为粗心挨数学老师的批评了。"

"多好啊！孩子，你的缺点能被老师及时发现并得到改正，你该庆幸有个如此负责任并且爱护你的老师，能帮助你顺利地走好人生每一步，明天一定要记得谢谢老师。"听完我的话，女儿笑了。

我给她讲那个流传很久的故事。故事中的老婆婆有两个女儿，一个卖雨伞，一个卖布，无论阴晴她总发愁有一个女儿生意不好。智者提醒她换一个角度思考，因为无论阴晴，她总有一个女儿有生意做，要学会微笑着感恩生活。

人啊，其实偶尔做做阿 Q 也不错，既然我们改变不了既成事实，就试着转换角度，给自己一个好心情，给生活一个微笑，以乐观的心态去享受每一天。

孩子测验成绩不是很理想，没必要烦恼，偶尔出点小错误，更能提醒自己修正。家长更不用抱怨，我们能陪伴呵护他们的时间实在有限，在他们展翼飞出温暖的巢穴之前，还是好好享受陪伴他（她）成长的每一天吧。

感冒得头昏沉沉的，医生给开了一大包药。其实不用沮丧，我庆幸医生宣布的不是有关生死的大症，偶尔感冒一下还能增强免疫力，我依然能跑能跳能笑着度过每一天。

夏天天气异常炎热，几乎透不过气来，空调二十四小时开着又容易感冒。也没必要烦恼，干脆不开空调，既省电又养了多年的老寒腿，多好，不花钱就能汗蒸桑拿！

工作繁忙得透不过气，也别烦恼。我有一份自己喜欢的职业，不但能养家糊口而且能体现自己活着的意义，多好！同事难相处，不停地唠叨抱怨，可千万不要为她的抱怨影响心情和友谊，多好！我被人如此信任着，至少我的生活没有像她这么一团糟。

……

朋友，请试着给生活一个微笑吧！当你给生活的微笑越来越多时，生活会厚待你，给你更多的回报，诸如：健康、快乐、宽容、热情、善良、优雅……

不知不觉间，你会发现，你已经成了生活的强者，成了周围人人羡慕尊敬的人。

家有巧女初长成

周一，把薄得透明的单饼带到学校，请同事品尝。她们一吃，称赞柔韧可口。我得意洋洋地宣扬："女儿做的"。一石激起千层浪，办公室里立刻讨伐声不断。她们一致认为我不该如此驱使年仅十三的女儿，有雇佣童工的嫌疑，有的甚至怀疑起我们的血统，认为我有白雪公主那恶毒的后母的嫌疑。

这帮善良的女人哪里知道，我家的巧女早已被我训练得十八般武艺样样精通了。俗语说得好"懒娘养活勤孩子"，我觉得该有下句"巧娘养活笨孩子"。对此，我是深有体会的。

很幸运我家有巧手母亲，事事讲究细致精巧。屋子再简陋，打扫得一尘不染；饭菜再粗劣，做得一丝不苟；针线活更是工整细密，连衣襟上的盘扣都不肯将就，非得盘个含苞欲放的梅花样。小时候，我们那撕破了的衣袖、口袋、书包上常常是缝着朵小花或是剪个小兔样的补丁，脚上母亲做的布鞋永远显得脚小而秀气。这样的我们站在人前总有一种与别的孩子不同的气质。

因为母亲要求苛刻，所以姐姐们做的活计很难过关。三姐纺的线穗子太松样子太蠢，立马会被扯断；二姐纳的鞋底、缝的衣服针脚不均匀也会被拆掉。被责备的次数太多，姐姐们灰心丧气干脆自暴自弃不做了。所以，五个女儿手工活都稀松平常，品味不错但眼高手低。

牢记着这个教训，我就注重训练女儿事事动手的能力了。洗自己衣服、做简单饭菜、收拾房间、擦油烟机、缝袜子、钉纽扣……让她学会自己来，我只是"真好，真巧"地在一旁鼓励。因为我深知，未来摆在女儿面前的是一条多么崎岖的长路，而我的呵护又是多么的有限和短暂！

日子一久，女儿的巧名传给亲友，我却被扣上"懒娘"的帽子。戴着一顶懒帽子，吃着女儿烙的饼，夹上新炒的素菜，美滋滋地赞道"味道不错"。

我家有巧女初长成，你眼热吗？那么，从今天开始你的宝贝训练计划吧！

为女儿留一盏灯

　　冬日的傍晚天暗得早，我习惯在女儿放学前开一盏明亮的灯。灯是指引回家的灯塔，让她知道有一个温馨明亮的港湾在等待她，灯下有香喷喷的饭菜和暖洋洋的怀抱。

　　对此我深有体会。当暮色深沉，深一脚浅一脚地奔波在回家的路上，归心似箭。远远望见家里的灯亮着，心头一暖，脚步立刻轻盈欢快起来。有灯意味着亲人在家，我会根据灯光的敏感判断出他在厨房还是客厅。

　　当举头无灯时，心头的希望之灯便黯然熄灭，脚步凝重得如同灌了铅，沮丧地想象着冷屋冷门冷锅灶，回家的愿望立刻不那么迫切了。

　　给女儿留一盏灯，让她知道家的温暖在迎接她，接过书包，让她在食物的芳香中洗尽一天的疲惫；给女儿留一盏灯，让她知道在不熄的灯光里有一份亘古不变的爱在留守。

　　多希望她在以后的人生路上，女儿能为自己的信念找到存放的地方，不凄苦，不孤独，为自己点燃一盏心灯，给自己慰藉，也给周围的人施以温暖。

　　那么，这世间一切的颠沛与艰难就容易忍受并且克服的了。

生命中的贵人

趁着东营市一中放假的机会，女儿和同学们都相约回母校市实验中学看望老师们。回家后，她在餐桌上眉飞色舞地向我们讲述"我们老大"的事情："老大"带几班，班里有几个学生，挑剔地评论这一届学生不如他们那一届（这是学生的普遍心理，永远希望自己那一届在老师心里是最棒的），细致到"老大"说了那些话、换了双什么样的鞋子……津津有味地汇报着。

倾听着她的喋喋不休，我感慨万千。身为一名普通的中学教师，能让学生信服到这个地步，该有多大的耐心和爱心啊！同样是教师，扪心自问，我获得学生这样的爱戴了吗？思绪回到2014年7月参加女儿的毕业典礼那个上午。

家长们齐聚在25班教室，各人坐在自己孩子的位置上，孩子们在后面整齐地排列着。赵学刚老师深情地回顾了三年来师生教学相长的往事，指导着学生该怎样迎接高中的生活。家长和孩子们安静地倾听着，当赵老师发放自己三年来精心抓拍的纪念册时，当雪白的屏幕上开始播放三年间每一个孩子的每一个瞬间时，教室里各种情绪开始泛滥。所有人的眼睛开始湿润，眼泪控制不住簌簌而下。

　　看到屏幕上那三年前还带着婴儿肥的圆圆的脸蛋，对比三年后的飒爽英姿，让人不由自主地感慨，时间都去哪儿了？五十个孩子，个子高高的，笑容满满的，让正在观看的家长们不由自主被裹挟进一股"劲"中，乐观？自信？真诚？好像都是又都不是，反正就是那么一种让父母们心花怒放的"劲"，也许这就是精神的凝聚力吧？不知不觉中，我们都感染到了这青春的力量，冲动地想去痛痛快快拥抱身边的每一个人，拥抱这个世界。无论明天如何，他们已然贮蓄下足够的力量去迎接明天火热的生活。

　　知识可以从书本中获得，但凝聚在张张照片、点滴话语中的深情关注让家长感动，该有多么强大的精神力量才能支撑着他在一千多个日子里保持时刻关注，所谓比海洋更广阔的是胸怀就是说的这种仁厚吧！

　　女儿何其有幸，在她树立是非观、人生观的岁月，遇上了生命中值得珍惜的贵人。感谢赵老师，帮我们记录下家长无法参与、无法触及的孩子们的校园生活，感谢他把"25班"打造成一个强悍的符号。

　　赵老师给学生布置的最后一道作业是"永不放弃"。我相信，当孩子们走上社会以后，老师在课堂上讲授的所有知识都会荡然无存，但"诚实、正直、永不言弃、乐观、积极"这些充满正能量的美好信念将融化在他们的骨头里，渗透在血液里，成为未来人生面对沧桑时的一剂温暖贴。

　　赵老师在告别时说：孩子们，你们实在不必对我如此感恩，我不过是在你们的生命之花即将绽放的时刻，偶尔经过并浇洒了几滴水而已，实在是我该感谢你们的！说得多好啊，充分展示了一个真诚的教育者充满人情、人道、人性的胸怀。

　　为人师者，实该如此！

帮妈妈做事

  教室里静悄悄的，只有笔尖在作文纸上的"沙沙"声，学生们正在聚精会神地完成我布置的题目《帮妈妈做事》。看到他们凝思苦想的样子，我心中暗笑，这群说大不大，说小不小的孩子，会帮妈妈干什么？即使干，又会得到家长们怎样的评价？眼前不禁浮现出五岁的女儿帮我包饺子的情景。

  周日无事，我揉好面，精心调制了一盆香喷喷的韭菜肉馅，准备大干一场。这时看电视的璐儿跑过来，看见面馅，手舞足蹈："我也要包水饺。"看她一脸坚决的样子，我知道多说无益，便找个大手绢系在她腰上，算是围裙。她袖子顾不得挽，就先抓起一个擀好的皮，用自己专用的小勺子舀了些馅放在面皮上，皮太大，勺子太小，足足舀了好几下才满意，然后两只小手忙着捏着两边向中间赶，动作蛮像一回事。问她，很不屑地说："我用橡皮泥包过好几次了"，我则显得有少见多怪之嫌疑。不一会，一个又长又扁的没肚子水饺包好了，她捧起来得意洋洋宣布："妈妈包的是大胖子，我包的是苗条小姐。"我看到这个站不住又躺不下的怪家伙哭笑不得，但看到那渴望赞扬的小脸也只好违心地说："不错不错。"谁知一鼓励，她更来劲了，豪气冲天地又包了几个实在不敢恭维的家伙，照此下去，馅要剩下大半了。我一急，脱口而出："去去去，别捣乱。"一听自己的劳动被妈妈诬蔑成捣乱，她的小脸立刻蒙上了阴影，只见小嘴瘪了瘪，"哇"地哭了出来，肩膀还委屈得一抖一抖。

我的心不禁软下来。是啊，孩子有积极参与的意识，大人实在不该打击她，第一次谁能做到完美无缺呢？于是，我大大方方揪下一大块面团，叫她随意做什么都行。擦擦眼泪，她高兴地又忙碌起来。

等我煮水饺的时候，璐儿拿来了自己的作品，嗬，还真算得上琳琅满目。她得意洋洋地介绍着：这是小兔子，红眼睛是用蜜枣做的；这是小刺猬和小蛇，眼睛是用绿豆做的，刺是小剪刀剪的；这是小蘑菇，上面圆点是葡萄干做的……听着她自豪地介绍，我不禁满心的感动：孩子的创造力是多么丰富啊，我几乎犯了一个成人常犯的错误，差点为了区区几个水饺而泯灭了孩子动手创造的热情。在我真诚的赞扬下，女儿的小脸都灿烂得几乎要放光了。

这顿晚饭，一向饭量很小的璐儿不用我督促就吃得特别香。当然，我吃得也很香。

这方战场没有硝烟
——与网络争夺孩子交流空间

好友相聚，"孩子迷恋上网"的话题激起了千层浪，"孩子一个暑假没和我说上几句话"，"我们都上班，孩子一人在家不爱出门，宅在家里不是上网就是看电视，话也说得很少，怎么办？""我担心长此以往，孩子们完全丧失了交流的能力，怎么办？"

当周围抱怨越来越多的时候，更多的人已经意识到我们陷入了被高科技产品包围的境地。人们沉浸在电脑上网、QQ聊天、玩微信、写博客的忙碌中。这种忙碌使年轻人与父母越来越难沟通，朋友之间甚至家人之间普通的对话也越来越依赖Email或QQ留言，"今晚加班不回家"、"明天记着要带资料"等等。虽然无奈，但这种缺乏人情味的交流方式却更能保证信息能传达到彼此的脑海里。

当科技进步到让传统交流方式发生翻天覆地的变化时，当孩子们与父母交流越来越少时，身为家长的我们该如何调整战略方针，与网络争夺与孩子们的交流空间呢？

女友A与十三岁的女儿势如水火，只要她反对的，女儿就一定要试试。哭诉、责罚、冷战、不交电视闭路费、不交上网费、没收手机、Mp3，当所有的手段都用尽时，女儿干脆离家出走了。女友几乎崩溃，找我哭诉求助，问我怎么管教的女儿，这么阳光、幽默、善解人意。其实，哪里有什么诀窍呢？我只是随时随地把握与孩子交流的机会就行了。

女友A有个习惯爱批评、爱抱怨，只要与她在一起，从开始到结束她喋喋不休。从天气到工作，从别人的服装搭配到孩子老公的小事情，听得朋友们都不耐烦，何况是天天相处的老公女儿呢？日子一长，老公自然躲出去，女儿只有沉迷在网络的虚幻世界里找快乐了。而女友B比儿子还留恋网络，夫妻、母子干脆一切交流都依靠QQ聊天，家庭气氛可想而知。

我给女友A的建议是："想要改善家庭气氛就先从家人聚餐时开始，把你的口头禅'真讨厌'变成'真好'，坚持每天在餐桌上讲一个你发现的生活中的美好事情，实在不行就讲个小笑话，你一定微笑着讲，可以动员女儿讲。"两周以后，她打电话兴高采烈地汇报："女儿现在不沉着脸不理我了，今天放学一回家就笑着说，'妈妈，告诉你我们班一个很好笑的事情。'"多好！孩子要想感受发现快乐和幸福，父母就先要帮助他们擦亮善于发现快乐和幸福的眼睛。

吃饭时间是一家人得以聚会的时刻，多年来，我坚持把围桌而坐变成了家庭的开心聚会。猜谜语、讲笑话、家庭问题小辩论、解答生活中遇到的小问题，彼此交换一天的所见所闻的好事情，甚至寻老实爸爸的开心。气氛温馨热烈，在快乐的欢笑中解答了女儿的疑惑，增强了家庭的和谐。

通过各种方式的交流，我与女儿在很多事情处理上都观点一致，即使稍有差别也能很快达成共识。我既关注了她的心理承受能力，又能随时掌握她的思想动态。通过平等、友好、温馨的气氛对孩子的学习、生活进行正确的引导，使孩子在家长的关怀与引领下成长为一个人格健全的人，这才是素质教育的成功。

当我们无法把妖魔塞回到瓶子里去时，父母们要及时学会用新方式交流，更要坚持传统交流方式，珍惜与孩子相聚的点滴空间，用心用爱去沟通，让孩子高高兴兴地接受学习、生活、交友的正确建议。这样，在与迅猛发展的科技争夺战这场没有硝烟的战争中，我们才不至于丧失与孩子交流的阵地。

我和女儿玩"智斗"

人到中年才发现，花再多的时间使自己的外表变得漂亮也阻止不了年龄的车轮，还不如修炼自己的内心更重要。人生只有不断地吸收、学习、修正，才能达到自己心中期望的标准。

腹有诗书气自华，这话说的真好。书对于女人来说是最有效最高档的美容化妆品，读书滋养的是灵魂，使心灵变得健康阳光。细细读来，你会发现那些历经时间沉淀依然流光溢彩的文字，经过文学大师们的精心组织，会凝聚成让人无法招架的强猛力量，能迅速攻陷人心灵中最柔软的角落。这就是经典的魅力。

读不同的名著，就如同与大师们面对面交流对话，可以在不同的世界里体验不同的生活和精神世界。读经典小说，悲喜着人物的悲喜，见证着人生的沧桑；读优美散文，感悟着生活的真谛，品味着瞬间的永恒；读精美诗歌，吟哦着瞬间的永恒，超越了平凡的人生。智者云"法乎上者，取法其中；法乎中者，取法其下。"与大师级人物对话，自身档次也随之提升等级。

然而，在科技迅猛发展的今天，电视、网络、手机等先进电子产品日新月异的推陈出新，网络文学、电子游戏、QQ聊天等占领了青少年的课余时间。只单纯依靠学校的制度强性阅读经典已经显得苍白无力，天下好书浩瀚如海，一个人的阅读经历和时间毕竟有限。在孩子与父母交流日益减少的时候，如何帮助孩子选择经典并引导孩子愉快阅读呢？为此，我与女儿展开了一场"智斗"。

在璐儿幼儿时期，每晚听睡前故事是必修课。璐儿小完全没有选择权利，大人读什么就听什么，所以家长选择很重要。我选择的都是经典：《安徒生童话》《格林童话》《寓言故事》《成语故事》等，用各国的最经典的故事给璐儿白纸一样的记忆作打底色。当璐儿会说话时，我偶尔念错的地方，已听了多遍的她会立刻指出失误的地方。

璐儿上幼儿园前后，所看的动画片也是我精心筛选的。我首选迪士尼动画。迪士尼动画画面、制作、音乐、人物都美轮美奂，语言幽默高雅。有睡前故事做铺垫，璐儿对《白雪公主和七个小矮人》《美女和野兽》等故事都烂熟于心，所以在看动画片时很容易沉浸其中。故事情节都已很熟悉了，我刻意播放原声，和璐儿玩哪种语言最可爱的游戏。时间久了，璐儿自己就嚷着"我要听小鹿斑比真正的说话"，不刻意掌握多少英语单词，只为了感受原汁原味的优美意境。

璐儿上学后，业余时间我陪她看电影，我从网上精心挑选了奥斯卡电影碟，从《魂断蓝桥》《罗马假日》等爱情片到希区柯克的经典悬疑，从演员、对白、配乐等边看边讨论。有了五六十部经得起时间推敲的经典做铺垫，璐儿的阅读修养和品位迅速提高。当同龄人迷恋校园言情、网络小说、惊悚悬疑时，她不热衷不痴迷，哪些该精读收藏，哪些只需随手翻翻，完全有自己的阅读主张。从电影到经典名著只是一步之遥，她主动找原著欣赏人物的细腻心理描写。不用我督促，《简爱》《飘》《安娜卡列尼娜》等书橱中的名著被她如饥似渴地读完了。

如今，在与璐儿玩"智斗"的过程中，我又重新享受了一遍成长过程，母女一起看电影、唱京戏、看全国优秀木偶剧展播，是母女更是心灵相通的朋友。在这场"智斗"中，璐儿养成好的阅读习惯，我收获了个小闺蜜，绝对双赢！

愿你把春天披在肩上

璐儿，我亲爱的宝贝：

此刻窗外月色已朦胧，寂静得能听到树上鸟巢里鸟儿梦里呢喃声，和着飒飒的树叶抖动声，汇成夜的交响曲。隔壁的你也已入了甜甜的睡乡，高中生涯实在够辛苦，愿你有一个好梦。此刻的妈妈却因为兴奋而难以入眠，偶尔担心着鸟儿的呢喃会不会惊扰我那累了一天的孩子。

回忆这个周末早上，当妈妈在一股浓郁的芳香中醒来，睁开眼，看到床头柜花瓶里插着一束娇艳欲滴的百合花，红色丝线结成的蝴蝶结，上面挂着你手做的卡片："妈妈，母亲节快乐！"

早餐时，一盘焦黄酥香的素饼摆放在餐桌上，旁边有你可爱的字体："妈妈，我把闹钟取消了，你安心睡吧！爸爸送我上学去了，记得吃饼啊。"那一刻，我在芳香和快乐中品味着来自你的关爱，妈妈为你的懂事感动，为你学业如此紧张却精心为我准备礼物而心疼，我是世间最幸福的母亲啊！

曾记得在看到你刚出生时那蔷薇色的小脸时，我们就发誓尽自己所能呵护你，让你成为这世间最幸福的孩子：可爱的玩具、漂亮的衣服、宽敞的房间、完善的教育。我们将小心呵护自己的珍宝，不允许有任何威胁你安全的可能存在。笨拙的我学着烹调可口的食物给你吃；陪你弹琴、跳舞、看电影、读书……做一切我们小时候因为贫穷而不敢奢想的事情。孩子，我们将是你身边的大树，为你遮风雨，挡烈阳，撑浓荫。

然而我又深知，未来你面前的长路有多么崎岖，需要你自己去走，父母的呵护又是多么的有限。妈妈不想你成长为温室中不经风雨的小花，希望你独立、坚强、乐观。为此，我早早便开始训练你动手的能力了。从洗衣服、缝袜子、钉纽扣到做简单饭菜、收拾房间……事事让你学会自己来，我只是"真好！真好！"在一旁鼓励、指点、扶持，也曾因此被女友们指责为"心狠、懒惰"。

回忆我的童年，那贫穷的日子保留至今的全是美好温馨的回忆。我们感恩你的姥姥，教我们勇敢去面对挫折，绝不回避和粉饰太平，用爱和坚强把一切苦难转化成温暖我们一生的美好。

姥姥这种坚强、乐观的品性深深影响着我们。兄妹们特别团结宽容，勤快懂事，吃苦耐劳。如今的你能轻松应付住宿生活，把自己打理得井井有条的能力也得益于此，因为我牢记着姥姥"娇子如杀子"的教导。

璐儿，如果说我们送给你什么最好的礼物，那就是爱读书的好习惯，这个习惯会让你受益终身。"腹有诗书气自华"，多读书对你性情和气质的陶冶是大有裨益的，读书会让梦想的翅膀飞得更高更远！爸爸妈妈至今保持着爱读书的习惯。因为我坚信：一颗能发现真善美的心灵是高贵的。希望你拥有一颗易感的心灵，有欣赏美丽，感知美丽的能力！

今天妈妈重提这些，希望在你心中播种下坚强乐观的种子，开出善良智慧的花蕾，结出幸福的果实。孩子啊，请你，请你把这些美好的品质好好珍藏！这样，你就把春天披在了自己肩上。无论将来你遭遇到任何风风雨雨，无论生命处于高峰还是低谷，你会依然有美好的期盼，能鼓励自己坚持下去。就像诗人所说：

只要青春还在，我就不会悲哀，纵使黑夜吞噬了一切，太阳还可以重新回来。

只要生命还在，我就不会悲哀，纵使陷身茫茫沙漠，还有希望的绿洲存在。

只要明天还在，我就不会悲哀，冬雪终会悄悄融化，春雷定将滚滚而来。

爱你的妈妈
于 2016 年 5 月 8 日深夜

第四辑　桃园芬芳

情到深处　暖得落泪

　　像《聊斋志异》中手不释卷的朗玉柱一样，我也是个书痴。不惑之年，仍然喜欢着一切美好的东西，欣赏着所有季节该开放的花儿，感动着人间的至情至性，常常几句绝美好词就能引得簌簌落泪。时间一久，小家伙们也沾染了我的习气。

　　静静的阅读课上，孩子们在聚精会神地读着自己心爱的书。那个酷爱诗词的女孩纤细洁白的手里捧着一卷诗书虔诚地细细品味，那精致可爱的年轻的脸上写满了感动和惊羡，真是绝美的一幅读书画卷！

　　女孩抬头迎着我赞赏的目光，她轻声探询："老师，这首诗好美啊！能解释一下您的理解吗？"那诗分明是我也喜爱的《九张机》，我曾多次感动于诗中所流泻的那份痴情。但是，孩子啊，面对涉世未深的你，我该用怎样的语言才能给你解释清楚呢？任何解释都像是多余，年少的你怎能理解那薄薄的纸上千年承载的让人泪湿青衫的厚重？

　　一张机，采桑陌上试春衣。

　　风晴日暖慵无力。

桃花枝上，啼莺燕语，不肯放人归。

人不轻狂枉少年。爱美的少女初试薄罗裳，面对着排山倒海而来的桃红柳绿含情凝睇，嗅着蚀骨的浓郁花香，满怀着对爱情对未来的所有憧憬向往，忘记了回家的时刻。面对家人的殷殷垂询她心慌意乱，开始找各种可爱的小理由。埋怨春风不该捣乱撩人心思，埋怨那莺莺燕燕太任性不该叫得人心烦意乱，埋怨那桃花不该开得那么招摇那么艳丽，埋怨春日的阳光不负责任太亮太暖，埋怨这春天的一切太美好，充满了诱惑不肯放她回家。其实，那殷殷垂询的人心里肯定是知道的，哪里怪得了春天呀，明明是生命的豪奢绝艳让少女张皇无措了！明明是少女偷偷有了羞于告人的小秘密了！爱情来了就是来了，哪里有道理可讲？年轻的心往往在不知不觉间就悄悄沦陷了。在如此美丽的春天里，那单纯明亮到极致的青春哪里是高墙所能阻挡得了的啊？

四张机，鸳鸯织就欲双飞。

可怜未老头先白。

春波碧草，晓寒深处，相对浴红衣。

读来不由想起《射雕英雄传》里吟着此句一夜白头的瑛姑。可怜瑛姑怨恨沉迷一阳指的段皇爷冷落了自己，竟意气用事，把满腔柔情错误地托付给不解风情的老顽童周伯通。他是她心头的朱砂痣，而她在他眼里却是万千烦恼丝，成了羁绊他游荡江湖的绳索链。被两个男人辜负的瑛姑伤心欲绝，似火的热情瞬间被心底的寒气凛冽成冰。儿子的夭折把她在世间所有的希冀全都斩断。红颜弹指老，刹那芳华。一夜之间，她满头青丝变了白发，苍老了玉貌朱颜，早衰的心上长满了苍绿的青苔。"可怜未老头先白"，那刻骨铭心的仇深似海，那欲寄无处寄的痴情，那份悲苦，那份绝望，使人断肠，生生要人命啊！

谁道闲情抛却久，每到春来，惆怅还似旧。

花前常病酒，不辞镜里朱颜瘦。

伤心的人儿应该是最怕春天的吧？梁山伯在心灰意冷下凄然吟诵"从此不到钱塘路，怕见鸳鸯对对飞"。

八张机，鸳鸯织就又迟疑。

只恐被人轻裁剪。

分飞两处，一场离恨，何计再相随。

爱到深处会犯多疑症，声声慢了，声声叹了。怕爱太浓，变成痴缠会让他发腻；怕爱太淡，粗心的他就会移情别恋，爱得不知该怎样把握分寸。爱像酿得恰到好处的浓酒，那袭人的芬芳是掩饰不住的，迫不及待地想去炫耀自己内心的喜悦，想让人分享，却又怕遭人妒忌会从中作梗，怕爱太脆弱禁不起世间的风雨流言。"鸳鸯织就又迟疑"，爱得胆战心惊，疑得草木皆兵，举世皆敌。

九张机，双花双叶又双枝。

薄情自古多离别。

从头到底，将心萦系，穿过一条丝。

其实，爱情更多时候是一个人在那里唱独角戏。你在这里魂牵梦绕，相思断肠。于他，则是无病呻吟，甚而是牵绊他的铁锁链。《春闺梦》里张氏唱得好："去时陌上花如锦，今日楼头柳又青，可怜奴在深闺等，海棠开日我想到如今。"转而又埋怨道，"毕竟男儿多薄幸，误人二字是功名，甜言蜜语真好听，谁知都是假恩情。"只盼能用巧手编织出千万缕丝线，把那不肯停歇下来的心紧紧萦系。

此刻，我试着用孩子们容易接受的语言告诉他们，诗歌这种来自乡野大地的人间情味，它用最干净的汉语短句，抒发出千百年前人们最典雅的喜怒哀乐，而语文老师的任务就是把那传承千年的精彩根植在孩子们心灵的最柔软处。

那样，孩子们会爱上那个温柔、敦厚、情至深处暖到落泪的世界。

窗内的春天

在我布置完学习任务后，教室内静悄悄的。孩子们都专心地按我的要求做题。早春的微风带着丝丝花香飘进教室，招惹着意志并不坚定的小家伙们。

靠在窗边的小雪，手托着还略带点婴儿肥的圆圆脸蛋，眼神柔和专注地看着窗外某处，神游在她的自由小天地里，然后嘴角偷偷抿出一个微笑，可能想到某个得意的小事情，笑完后立刻警觉地偷眼看我，发现自己的小动作竟然都被我捕捉。我笑着轻轻摇了一下头，她红了小脸，低下头认真做起题来。

她一定在猜测并担心我会用什么样的方式惩罚她吧？其实，孩子啊，我也是从少年走过来的，几十年前，我也曾和你一样，常常会在老师讲课的时候偷望着窗外的天空，编织着自己的少年之梦。我也曾和你们一样，盼着下课的铃响，盼着下课后可以跳房子、丢沙包；盼着放学后在泥土的田埂上摔跤，在麦田和荷塘中细嗅芳香，在菜园里偷拔一颗颗小葱，躺在阳光下聆听豆荚的幸福炸裂声，每一件事情都比困坐在一间教室里听令人昏昏欲睡的课要美好得多。

今天，从你羞涩纯真的脸上，我再次重温了那些曾经被关在窗里的春天。只是，如果时光能倒转，我愿拿一切来换回逝去的流年。

然而，窗内的我，也只能露出一丝羡慕的微笑了。

男孩的苦恼

课堂上，男孩传递的纸条不小心被我抓获。那上面他用最稚嫩的语言宣誓着最郑重的海誓山盟。

我忍俊不禁，好不容易才武装出严肃的表情命令他注意听讲。课间，男孩嗫嚅又苦恼地解释说："老师啊，我知道早恋不对，可是我是真喜欢她啊！"

实在不忍心太苛责他，谁没有年轻过呢？少年时光是人一生中再也无法重拾的珍宝。少男少女们心底里暗藏的情愫，就像在这世界的角落里悄然绽开的花蕾。那最初的砰然心动，是铭刻在他们记忆深处的一抹暗香，终其一生都回味悠长。

亲爱的孩子啊，我该用怎样婉转的语言才能既不打击你年轻敏感的自尊心，又不伤害你心中萌发的最单纯的爱恋？相信我，老师有足够的理由给你忠告：

要耐心地长大，不要过早沉湎于甜言蜜语，太早的誓言是浮浅的，经不起任何风吹日晒。君不见，只有经受过雪压霜欺的成熟的果实，才是人间至美的甘甜。

爱和幸福，原就该经受得起磨练啊！

青春小鸟

阳光灿烂的春日早上，担任小组长的女孩气冲冲地告状："老师，他怎么也背不完整这首诗，老是给我们小组拖后腿，害得我们又得不到优秀小组了，帮帮忙，把他调到别组吧？"

我笑着轻轻摇头。孩子啊，你没见那可怜的被谴责者正涨红了难为情的小脸，无助地搓着他那印满了墨水痕的双手吗？年轻的心总容易较真和无情，宽容点吧，给他一个机会，也是对自己能力的锻炼。一朵孤芳自赏的花撑不起美丽的春天，满树的怒放才是春天最美的灿烂。

女孩重新露出了笑脸，四颗小脑袋又扎在一起叽叽喳喳地背诵起经典的诗篇。教室里春意盎然，因为放飞着四十五只青春的小鸟。

日日处身其中，感觉真是好！

光阴的痕迹

作文课上，学生们在按我的要求静静地做着描写练习。四十多张小脸洋溢着相同的气质：纯真、阳光、明净。心念一动，忽然好奇，多年后这些如花般明朗的脸蛋会有怎样的变化呢？

忆起高中毕业二十年同窗聚会，多年未曾谋面的老同学又重聚在一起。再次的相聚，我发现时光清晰而准确地在每个人身上都镌刻下了它的痕迹。

二十年该经历些什么才使大家有了如此大的变化？曾经憨厚爱笑的小胖男生经过多年商场历练有了凛冽的精明眼锋；曾经天真腼腆的少年脸上却刻满了风霜和沧桑；曾经秀美如花有着月牙般笑意的女子有了如此薄凉的眼神；而那曾经默默无闻的自卑的丑小鸭啊，二十年云淡风轻的诗书熏陶使得如今的她谈笑如兰、内敛优雅，生生把自己修炼成一朵深谷幽兰。男生们变得沉稳坚定若磐石，宽厚的肩膀仿佛能担负起世上任何的重担，女生们则集体变成温良娴淑的贤妻良母；而我们当年那苦口婆心、宅心仁厚的老校长啊，硬把自己修成了如菩萨般的慈眉善目、宝相庄严。

岁月像一把刻刀,它认认真真把我们二十年所有的经历和情绪全刻在了脸上。让人不由自主想起那句老话"三十岁以前外貌由上帝负责,三十岁以后由自己负责。"相由心生,说得真是好! 岁月有双能化腐朽为神奇的魔术手,它把温和的笑容、宽容的眼神、成熟的风采、智慧的神韵添加在了一切热爱生活的人身上。

所以,我的学生们啊,无论将来你们遭遇到任何风风雨雨,请一定要保持一颗宽容、坚强、善良、快乐的心,并一定要牢记用知识去滋养自己的心灵,美丽自己的人生。

这样,当有一日你我突然邂逅时,哪怕岁月再无情,我也会凭着这些美好的记号就能迅速把你们从芸芸众生中辨认出来,这是老师的深深期盼。

易感的心

　　课前几分钟，一颗颗年轻骚动的心老也安定不下来。于是，我平时因为喜欢而收藏的经典文章就有了用武之地。我把一篇极美的文字，无声地投影在雪白的屏幕上。沸腾的教室立刻像泼了冷水一样安静了下来。

　　在轻声吟诵着这充满了丰沛感情、读来令人齿颊留香的文字时，我泪泫欲滴，自己也感觉到了声线的颤抖，而我丝毫不想掩饰自己这种感情变化。

　　年轻的心灵最容易被美好的事物感动。在我深情的吟诵中，我发现那刚刚还在为谁拿了橡皮啊、谁该擦黑板之类琐事吵闹得不可开交的学生们已在不知不觉间换了表情。心思细腻的女孩已经有泪珠在眼眶里打转，悄悄拿出笔把那绝美的词句记在心爱的日记本里；一向自诩坚强勇敢的男孩子惊慌地掩饰着自己的红眼圈，嘟嘟囔囔地抱怨着大概是调皮的风从紧关的门窗里钻进来吹痛了他的双眼。

　　我为自己的小小阴谋得逞而得意。

　　孩子们，不必掩饰自己真情的流露。老师就是想通过这种方式告诉你们：静下心来，把自己沉浸在文字的海洋里，去仔细体会它的巨大魅力，去感悟、敬畏经典作品那种瞬间征服心灵的霸道的力量。

拥有一颗易感的心灵，并且能时时被那些曼妙的充满人生智慧的至真至性的文章所打动。能去欣赏美丽，感知美丽，该是多么丰富而幸福的人生！

不惑之年还能和孩子们一起时时被感动，我实在是知足的啊！

发传单的男孩

一个十五六岁的男孩，在多数父母眼里还是需时时呵护的孩子，在瑟瑟寒风中坚强地挺着并不强壮的脊背，向来往的行人和车辆热情地发着那根本没人看的广告传单。

周围的车辆因为寒冷根本不开车窗，那匆匆行走的行人多数是摆手拒绝或是接过来随手就扔掉。男孩立刻蹲下把广告捡起来，然后再耐心地分发出去。有人问，他解释说有督察分发情况的。

正是放学时候，大量学生涌出校门。轻轻接过男孩递过来的传单，我把它小心地折好放在皮包里。只是出于一个很简单的目的，想在无言中给身边的学生们一份友好提醒：尊重别人的工作是一种很美好很高贵的品德。

谁说教育只限于课堂上啊？成人的行为往往是孩子最好的镜子。

阳光的味道

春日明媚的上午,阳光笼罩着教室的每一个角落,学生们在安静地做着测验题,我在巡视中观察他们的掌握情况。

突然,最后面一个男生紧张的表情引起了我的注意,按照惯例,对学习感到头疼的他肯定又在做小动作了。我装着毫无察觉的样子很随意地巡视着,趁他又低下头时我突然站在了他面前将他当场抓获。

可是,我缴获的是什么样的战利品啊?那是一件只有极调皮的男孩子才拥有的一件校服。调皮的证据处处是:污渍、裂口,一只袖子几乎被扯下了一半,上面挂着一枚又粗又生锈的大针,穿着用来缝厚被子才用的粗粗的白线,而且是两股扭在一起,一排歪歪扭扭的大粗针脚不规则地排列着。原来,他涨红了脸正在用黑黑的小脏手绝望地修补着他的校服,因为下了这节课就要去做广播体操,不穿校服或者穿着这样破的校服都绝对要被学生会扣分的。

我叹口气,这是农村寄宿生特有的现象,这么小的年龄就远离家人的监管呵护,不知算不算明智。我接过校服,任何批评都是无益的,最简单的办法就是争取在课间操开始前给他修补好。

我翻检着校服里外，叹息着猜测他该有个多么粗心的妈妈，校服上好几个地方都是用各种颜色的线用可怕的大针脚勉强缀在一起，分明是男孩自己的手艺。我先把不同颜色的线拆下来，然后开始了并不高明的修补，心里暗自念叨着恐怕巧手晴雯也未必补好这样的衣服。

于是，教室里出现了这样一幅怪异的画面：一群学生在忙忙碌碌地做题，一个妇人在讲台前笨拙地缝补衣服。令人惭愧的是，我从来都不是个合格的主妇。女儿从上小学开始，破了的袜子和掉下的纽扣通常是自己动手缝补的。记得在看电影《沂蒙六姐妹》时，她抗议说："妈妈，在战争期间妇女都要做鞋子做军衣的。"言外之意我很清楚，我这样笨手笨脚要在战争期间是很没用处的。我也曾笑着争辩："那我不做军装，拿杆枪直接上战场杀敌，是不是也可以？以我的智慧和学历，怎么也能当个现代花木兰吧？"女儿捧腹大笑。

在我的努力修补下，总算能让人看出它是一件衣服了。校服里衬上用更粗大的针脚歪歪扭扭缝着一块花布，可能是装生活费的，底下都绽开了，我顺手又补上了几针。

直到下课铃响起，这节课出奇的安静，学生们出奇地听话。穿上校服时，男孩羞涩地从嗓子眼里挤出一声"谢谢老师！"我收齐了试卷，令我惊讶的是：几个一向做题拖拖拉拉的小调皮，一改往日脏、乱、粗心的毛病，试卷表现出前所未有的认真工整。

原来，只要肯把真心融进去，所有的眼睛和心灵会诚挚地帮你记录下来。谁说孩子们是粗心大意不懂事的？

在充盈着清新花香的教室里，我聆听着春天欢呼的声音，深吸一口气，我嗅到了阳光醇厚的味道。

多出的一天

每日像个陀螺一样旋转在家和单位之间，早已习惯了那份繁忙和喧闹。内心深处却常常渴望有一方宁静的空间，让我好好整理一下自己，让那几近僵化了的神经得到短暂的松弛。

由于算错了放假时间，在按部就班做好上班心理准备的情况下，意外得知假期还有一天，脑海中第一反应就是我竟然多出了整整一天的时间。少时的天真活泼忽儿全复苏了，那一刻我准比学生更年轻，几乎一路歌声地回了家，我要好好计划该如何度过这多出的一天。我发誓，今天我要按照自己的心意快快乐乐地度过。

江南室友好久没有回复信息，再不回就有割袍断交危险，虽然吴语呢喃，挨骂的滋味却总不好受。

书房尘封已久，虽然曾挥笔自我吹嘘：烟一笼，霞一笼，朝夕笼斋尘不容，日坐书城中。长久以来，烟霞美丽依旧，许多好书却寂寞已久，纤尘不染更是不敢再提。

那些曾经感动过我并下载下来发誓要学会的歌曲始终没有学会；曾

经那么痴迷，千方百计托浙江同窗寄来的越剧正宗范派磁带，更是寂寞良久，很久以来都没有闲情逸致听上一曲或唱上一段了。

女儿的书桌该清理一下，先生的西装该送去洗了，我的衣柜该换上夏装了，所有长疯了的花都该修剪了……该做的事情太多了，实在应该好好计划一下。我走进书房，想用笔记录一下，却一眼看到邮递来的新书，这么美好的故事还是先睹为快吧。于是，我一头扎进安意如对纳兰容若的绝美诗词的精彩赏析和她对人性的睿智判断中。等隔壁的女人柔柔地唤楼下玩耍的孩子吃饭时，我才惊讶地发现一个上午竟然不知不觉地打发掉了。

雷打不动的午睡是多年的习惯，心安理得臣服于习惯之下，拉开架势准备狠狠地睡一觉，最好睡到自然醒。朦胧中有人敲门搅了清梦，打开门发现是一脸无助的学生。女孩的小心灵里塞满了诸般苦恼：成绩不理想啊、妈妈偷翻日记啊、同桌不合作啊……在她，那是世上最刻不容缓的事情。

丝毫不敢懈怠，因为稍不小心会伤害一颗年轻敏感的心灵。我迅速恢复成慈眉善目、和蔼耐心的师长形象，认真倾听着，并用她能接受的语言方式帮她分析着那些纯粹孩子式的天真的忧虑和成长的无奈。还有比让一颗纯真的心信任着更幸福的事情吗？我以此刻的我为荣，是无所不能、善解人意的智者，是推心置腹、两肋插刀的朋友。从成长的悲喜到亲情的感恩，从必尽的责任到自我性格的塑造与完善，我们无所不谈。

当女孩最终绽放出如花的灿烂笑容时，当我欣慰于自己的劝解效果时，隔壁女人又送来了晚饭的信息。我愕然地向外望去，不知何时，窗外已是晚霞满天了。

唉，这多出来的一天又像平常无数个日子一样过去了。平凡如我，终其一生，或许都是这样琐碎而默然地度过了。灯下的我，怀着说不出是喜是悲的复杂情绪，怔怔然出起神来。

家长会

　　学校位于城乡结合部，人员较复杂，家长会就是一部浓缩了的社会百像图。有公务员，有公司白领，有出租司机，有叫卖"冰糖葫芦"的，有清晨三四点起床为早起行人准备肉夹馍、麻辣烫的，也有憨厚朴实的农民。不管干什么行业，奔波的目标绝对一致：为了孩子。

　　一位年轻妈妈，黑红的宽脸庞，带着阳光暴晒的痕迹，用红色的塑料袋装着一包花生，花生是新鲜的，上面的泥土还没干，想必是在接到开家长会通知后匆匆从地里刨的，里面搀和着两大捧红彤彤的枣子。在教室楼道上她非要塞在我手里，"老师，东西是我自己种的，不打农药。"我再三拒绝，她涨红了脸，"老师，你是嫌弃吧？"这话可不敢当，我道谢收下。她反复叮嘱我："我知道这孩子多调皮，可自己没文化管不了，他就听老师的，不听话你就使劲打。"

　　我耐心向她解释学校的制度，教师体罚学生是要犯错误的，她斩钉截铁地说："你尽管打，出了事，就说我们家长同意的。"望着那热切渴望的眼神，我暂停了解释，心里却有强烈的感动。

细想自身职业，肩上立刻重逾千钧。家长们是怀着怎样的心情把儿女托付到我们手中的啊？我每日面对的张张纯真无邪的笑脸，是每个家庭的重心所在。他们用着多么谦卑与热切的期望，渴盼我们能使他们的子女达到他们所期待的境界。家长会上，我几乎能感觉到那一双双眼神所倾注的热情的温度能把钢铁熔化，我该怎样做才能不负众望？扪心自问，我尽力了吗？

　　如果你渴求一滴水，我愿意倾其一片海；

　　如果你要摘一片红叶，我给你整个枫林和云彩；

　　如果你要一个微笑，我敞开火热的胸怀；

　　如果你需要有人同行，我陪你走到未来……

　　倾听着这熟悉的歌曲，我开始精心准备着下节课要讲的内容。

这帮"坏小子"

早自习课上,在学生们忙着做作业时,我习惯地在教室四周巡逻。很好的阳光,把教室笼罩在明亮的光泽中,天蓝色的窗帘随风飞舞,洁白的墙壁隐约泛着柔软的蓝色。

外行人看来教室里一派祥和,文静的小姑娘们或奋笔疾书,或忙着背诵英语单词,那帮调皮的"坏小子们"也煞有其事地忙碌着。但二十多年和孩子们打交道已积累了丰富"江湖经验"的我是不会被表面现象所迷惑的,从祥和中我已嗅出一股暗藏的煞气,我知道此时"江湖"已经风起云涌,杀机四伏。真正的武林高手不必亮出宝剑,摘花飞叶皆可杀敌于无形,我自信已练就了鹰般锐利的眼神,我只需稍稍观察他们灵动的眼神、丰富的表情、悉悉索索的小动作,就会当场抓获好多"小地下工作者"。

这不,一圈巡视完毕,硕果累累:那边厢,昨晚没完成作业的,语文作业下潜伏着数学作业,上一行写语文词语,下一行抄同位数学题,双管齐下,忙得不亦乐乎,你只需留心一下那专注的如蝴蝶般上下翻飞的眼睫毛即可。这边风景独好,课本上所有插图在"坏小子们"的笔下已经大变模样:人物插图不分男女,或戴上了最时髦的墨镜,或长出日式一字须,或摇身变成狼人、吸血鬼,或变成植物大战僵尸形象。连蒙娜丽莎举世闻名的迷人脸庞上也在劫难逃地长出了可疑的络腮胡须,发型被设计成海藻样的鬈发,笔法细腻得连最高级的美发师也佩服得五体投地……

一件件充满奇思妙想的"艺术"作品令我啼笑皆非。在"罪证"面前,"坏小子们"惭愧地稍稍低下了艺术家高贵的头颅。

看着那瞬间变得懊恼的小脸,心里真不忍,笑着说了句网络流行语"这么多艺术品,亮花了我和小伙伴们的眼",很蹩脚的一句笑话,六十朵心花立刻绽放。全班哄然,于是立刻演变成一场艺术评审赛,一个个尚带婴儿肥的青春笑靥上闪烁着健康红润的光泽,教室里充盈着欢乐温馨的气氛。

年轻真好,怎么有那么多值得笑的理由啊?那笑声啊,那么纯粹、那么干净、那么饱满,有着素玉的清澈,有着化骨绵掌的力量。在春寒尚冽的季节,这笑声把我的心柔软得都能滴出绿水来。

可再不忍心也要制止啊,此时的我在他们眼中一定是那破坏仙境的可恶巫婆,硬生生把他们拽回到现实,大煞风景地命令他们数出被关在同一个笼子里的鸡和兔子各有几只脚,勒令他们算出这边在开着水管进水的同时,那边的水多长时间流完,还不允许他们反驳"为什么不多买个笼子分开放?""为什么不直接把水放进那边?多此一举"。很多时候,我们教师其实在扮演着很尴尬的角色。

奥德修斯结束十年的漂泊后,潘尼洛曾对他说:"梦想有两扇门,一扇是号角制成,一扇是象牙制成。通过精雕细刻的象牙门的梦想不过是一场会归于无的海市蜃楼的童话;而那些通过磨砺的号角门的梦想才会成为真实,为人所见。"每一粒种子都梦想成为参天大树,每一个蚕蛹都梦想破茧成蝶，每一个孩子都梦想生命之树绽放五彩的繁花。

亲爱的孩子们，你们如今正处在闪光的令人羡慕的年龄，每一天的成长都是在为飞得更高编织羽翼。但梦想是现实中一砖一瓦的堆砌，是耐得住寂寞的刻苦与努力。希望的萌芽只有在汗水和泪水的浇灌下才能结出丰收的硕果，松软的沙滩上建造不起高楼大厦，不打好坚实的基础，所有的梦想都是空中楼阁。

亲爱的孩子们，如果你们是未经磨砺的宝剑，那么寂寞枯燥的学习生涯就是磨刀石；如果你们是暗香涌动的腊梅，那么繁重单调的课业就是苦寒。孩子们，真诚希望你们能耐住寂寞，经受住磨练，让今日的蛰伏成为明天的一飞冲天！

没有冰不被阳光融化

每次新接一批学生,按照惯例第一周我都要精心准备语文学习习惯培养训练。万事开头难,我深知如果在这一周里不能让他们心服口服爱上语文,在以后的日子里,这些稚气未脱却自以为是的小家伙们会相当挑剔,也会很难合作。

深思熟虑后我决定选讲一节诗词欣赏课。这个课题难度很大,对教师知识视野、文学素养、语言表达要求都很高,较难讲也最容易出彩。我刻意空手进入课堂,在随意漫步间把武装到牙齿的古典诗词信手撒播,从苏轼的沉郁顿挫到李清照的婉约含蓄,从李白的豪放旷达到王维的清丽淡雅,我知道此时的自己肯定特别帅,因为那一双双明亮戒备的眼睛开始渐渐由审视变成惊羡,满含着对知识的渴求、对文化的膜拜,我暗喜:孩子们,相信我们以后的合作会成功的。

正当我沉浸在胜利的喜悦中侃侃而谈时,一个在角落里独坐的男生引起了我的主意。他黑瘦单薄,有一种不属于他这种年龄的冷漠眼神,那是一种看透一切的不屑,甚至充满挑衅。我一怔,又遇上刺头了。凭着二十多年的教学经验，我明白这类孩子一定来自问题家庭，自私、尖刻、敌视一切，从外表到内心都被一层坚冰包裹着。任何严厉的教导和耐心的说服对他都很难起作用，但我坚信，在爱的阳光下，没有长久封冻的冰，很长一段时间内，他将是我研究的课题。

在随后一系列的日子里，我带领着一群孩子像忙碌的蜜蜂，为采集知识而忙碌着，为酿造成就而快乐着，为期待未来而幸福着。在紧张的工作中，我仍然悄悄密切地注意着他的一举一动。他爱与同学发生冲突，成绩糟得一塌糊涂，字写得拙劣不堪，上课精力极易分散，无论多么精彩的课堂设计都不能使他抬起头，他冰冻了自己与外界的联系。

从其他老师那里我了解到，从小学他就属于被放弃的那一类学生，软硬不吃。无论那个老师同他接近，他立刻像个小刺猬一样竖起满身敌意的刺，有着典型的单亲家庭看透一切的冷漠。从学生们那里了解到，他每日挣扎在那个赌徒父亲反复无常地发誓、失信与母亲绝望的眼泪中。我几次小心翼翼地接近均以失败告终，他的坚拒几乎使我想放弃了，就这样吧，随他去吧，但从不轻言放弃的我又实在不甘心。

山重水复疑无路，柳暗花明又一村。一次偶然的体育课，拉近了我与他的距离。

孩子们自由活动时热闹非凡，正好路过操场的我也凑热闹走了过去。当时他在看两个学生打乒乓球，他俩打得不错，各有胜负，只是每次失误一个球，我发现他都会撇一撇嘴。

"张强打得还可以，你说呢？"我说。

"差远了，瞧他发球的姿势，乱发。"他一撇嘴。

"李杰扣的还行吧？"我虚心请教着。

"他那是用胳膊砍，不会借用手腕的力量。"看了看我，他小声回答。

"看来你球打得不错，来一局？"我诚恳地发出邀请。

他迟疑了一下，我们两个战了起来。

乒乓球我也热心地练过一段时间，接了几个球后我发现，他球势凌厉，发球刁，扣球狠，长球短球接发自如，攻得我手忙脚乱。一节课下来，我大汗淋漓，他也气喘吁吁。"好家伙，打得不错，你得收下我这个徒弟。"我真心地夸奖着他。他羞涩一笑，目光柔和起来。我知道阳光已照在了冰面上，坚冰已有了消融的可能。

以后的一切发展水到渠成。从普通球友到无话不谈的"哥们"，到知识的领路人和生活的指导者，我快乐地转化着我的角色，忙得不亦乐乎。看着他一天比一天快乐，学习一天比一天努力，我享受着收获的幸福。

下节课肯定又是体育课，因为办公室外又响起了他快乐的笑声："老师，打两局去？"我不禁灿然。

放眼望去，窗外早已是生机勃勃、春意盎然的季节了。在春天温暖的阳光下，所有的冰都在悄悄融化着。

你们展翅高飞 我原路返回

随着中考的临近，心里颇不宁静。四年的光阴匆匆而逝。犹记得孩子们刚入学时，蔷薇色的笑脸，鼓鼓的婴儿肥，个子比课桌高不了多少。如今四年走过，没一个比我矮的了，多数男孩子已经高出我一头，须仰视才可。

趁他们凝神复习时，我贪婪地打量着每个熟悉的面孔，试图把他们深深印在记忆深处，心里不是不怅惘失落的。一千四百多个日子都去哪儿了？每四年一个轮回的毕业季节，带毕业班的教师都要经历一番又喜欢又惆怅的矛盾情愫，既期待着四年的心血能开出硕果，又害怕分离，心像被掏空了一样没着没落，惶惶然想抓点什么堵上才能舒舒服服喘口气。我想，除父母外，教师可能是这世界上最为孩子们进步而高兴、退步而着急的毫无血缘关系的"外人"了。

他们走后会有一段时间，每当上课铃声响起，我们会习惯性抓起课本就往教室冲，当走到教室门才恍然已是人去屋空，然后再寥落地回转办公室，继续坐班，寂寞地听别的年级所发出的朗朗读书声，这种状况会一直持续到放暑假。直到九月份开学，新一批叽叽喳喳不住嘴、爱告状的小家伙来，让我们忙碌得天昏地暗才算填上了一大段虚空。

犹记得上最后一堂课的情景，一些学生已经明显情绪失控了，如果稍不注意，这堂课就上不下去了，可是明天就要中考，还有好多好多的话要嘱咐啊！所以冲进教室，不等他们回过神喊"老师好"，我就直奔主题讲起来，打他们个措手不及，不给他们抒情的机会。我面朝黑板，不停地把考试该注意的事项一条条记在黑板上，不能回头！不敢回头！我用最严厉的不容打扰的语气讲解着最容易犯错丢分的地方，教室里安静得只有我自己的回声，我能听到自己那由于太过用力而有些咬牙切齿的语气。

但总不能一节课不回头啊！微微一转身，所有的伪装立刻卸了甲。苏晓彤那美丽的大眼睛盈满了哀哀的泪水，大颗大颗的泪珠落在笔记上，纸上霎时绽开了一朵朵哀伤的花儿，手却仍然疾速地记录着。我心一颤，眼前立刻模糊了。孩子们是最聪明敏感的，迅速捕捉到我那狼狈的热情，他们简直疯了。一向调皮机灵的劳一凡、张敬业几乎同时冲上讲台争着说："老师，我能抱抱你吗？"我拼命点头，那高我一头的男孩狠狠地给我来了个熊抱，也哭了。教室里立刻失去控制，孩子们次第离开座位，来拥抱那个哭得像个孩子一样的傻妇人。不，不要这样狼狈地告别，这与我原先计划的相差太远了，计划完全不是这样的，该叮嘱的事太多太多，我甚至都写了备忘录，作文该怎样准备、中考后的暑假该阅读什么才能和高中衔接，尤其是再最后一次嘱咐他们把阅读习惯坚持一生，怎么就这样傻傻的失措了呀？

临近下课，我最后一次点名，一如四年前上第一堂语文课时一样，唯一不同的是这次他们安静了许多。梅映雪，人如其名，如诗如画般优雅；杨玉婷，健美而亭亭玉立已初见端倪；王悦怡，那快乐愉悦的微笑给人如沐春风的温暖；王辰歌，温驯如小鹿般的大眼睛女孩；王旭睿，

205

微笑如旭日东升般灿烂的快乐男孩；周浩晨，帅气清新如清晨的第一缕阳光……每个名字无论雅俗，自有独特的哲学和爱心，那是父母满怀热望的刻痕，是他们精心选择的最美丽最淳厚的字眼，以此表达对孩子最简短质朴的祈祷。

　　我怀着感恩之心叫着这些美好的名字。每个教师必须经历这个轮回：从陌生到熟悉到融洽再到亲密，然后在最贴心贴肺的时候戛然而止。学生们即将展翅高飞，我们却原路返回。谁能敌得了时光大神？生命的每个刹那原本都是向永恒借来的片羽啊！

　　曾读到一段文字"孩子们，抽一天回来吧！还有一套中考试题没讲完呢，还是那间教室，还是那个座位，还是那帮人，只是这次，能允许我拖会堂吗？"话很简单，却瞬间击中了内心最深处那根柔软的琴弦，我不禁震颤起来。我原只是个平凡与单纯的女子，因为每天面对那一百多双清澈纯净的眼神而觉得自己的生命变得美丽而丰盛。在孩子们的引导下，我能仔细去聆听春风的呢喃，燕子的唠叨，草花的争宠，能切身去感受生活的种种惊奇与美好。我有幸参与了孩子们的生命之花最含苞待放的季节，该感恩的是我，这其中成就的也是我啊！

　　因而，生命虽然短暂，春花虽然易凋，因为日日处于爱与被爱之中，我普通的生命也变得甜美而绵远。像古代贮香膏于玉瓶的女子，待一点一滴积满了，突然渴望就地一掷，将猛烈的馨香一次挥尽。

　　而我能够每四年任性放纵一次情绪，足矣！

梦魇记

　　常常会随着心情的变化而伴随着不同的梦。如寒暑假临近开学，一定会进入这样的梦境：明明收拾好物品准备出门了，却无论如何找不到车钥匙，好不容易找到却怎么也打不起火来；该上课了却突然发现衣服穿反了，课本找不到了，总算整理好一切，却穿梭在一排排楼房中再也找不到教室了。眼睁睁看着时间在消失，我却跌跌撞撞狼狈地在找我的学生们。后来询问同事，才知道大家都有类似经历才松一口气。

　　心情很紧张时常常做这样的梦：我正在考场中面临一场人生很重要的考试，周围的考生已经陆续开始交卷了，我却发现自己的试卷依然空白，或是单词一个都不认识，或是公式全忘掉了，或是交上试卷后却突然想起没写名字。于是在万分惶恐中突然醒来，万分庆幸是一场梦魇。

　　平时喜欢阅读悬疑推理小说，于是也会出现这样的梦境：蒙面杀手步步追杀，我已进入绝境，但心里明白是在做梦，而且拥有神力，于是往往在最紧要关头，我突然展开飞檐走壁的神功逃之夭夭了。在梦里，我像全知全能的上帝，旁观一切悲欢离合，眼见他起高楼，眼见他宴宾客,再眼见他塔楼塌了。

　　梦境毕竟是虚幻的,真正的梦魇是我高中时期的物理课。那时教我物理的毕老师年轻貌美,课上得非常精彩,常常她讲得神采飞扬,同学们听得聚精会神,而我却茫茫然如听天书,浑然不知身之所在。上她的课,我永远走神,我常常沉溺在欣赏她的美貌中,感叹上帝造她时肯定特别用心,欣长挺拔的身材,象牙白的肤色,嗓音清脆柔软,连耳朵的轮廓都那么精致。我永远也弄不明白动滑轮和定滑轮有什么区别,不知道该怎样计算物理实验中那个用弹簧拉的小车上坡下坡的摩擦力和支持力,心里暗自嘟囔:干嘛要在乎小车来回掉头使多少力?爱多少是多少,关我什么事?我将来又不准备像骆驼祥子一样去拉车,估计祥子也未必清楚摩擦力是什么吧?所以我的物理课本下通常藏着小说。那时的我是文科老师的宠儿,却是理科老师的梦魇,用化学老师的话就是"隋维霞看着长得挺精神,一上课就梦游,名副其实的眼精神。"

　　多年后,当我站上讲台,时时提醒自己:千万不要让自己的课堂成为学生多年后依然恐惧的梦魇。

真诚之歌

坦诚的你，告诉我什么是真诚？
真诚是游子风雨无阻回归的固执
是海枯石烂的苦苦相守
是独闯天下的洒脱寂寞

真诚是一首经典之歌
从中，忆得起甜梦
伴着丝丝羞涩
从中，寻得到最初的自我
田野中采来的野花却于繁华街头失落
然后叹息真诚是人生的苦苦跋涉

真诚是秋夜蟋蟀的低声吟哦
是燕子呢喃的清纯执着

是关山冷月的沉默思索
是心灵的泪珠被纤手掬着
无心失落的那颗化成星儿丰碑般挂着
提示你走过的一路坎坷

面对坦露的真诚,我们宁愿沉默
其实,年轻的心灵之间
无需言语表白的烦琐

第五辑　熊孩子系列

每个孩子都是坠落人间的小天使

在写熊孩子奇葩系列之前，我先去查查百度对熊孩子的解释，以免引起大家误会。不查还好，一查我忍俊不禁，更坚定了用这个题目的决心。

百度上这样解释"熊孩子"：最突出特点是不按常理出牌，他们在一些常规的事情上，会给出让人大吃一惊的回答或做出人们意料之外的举措，让人错愕、无所适从，最终让人莞尔一笑，乃至捧腹大笑，熊孩子会给人们带来最大的快乐。

西方有谚语说，每个孩子都是坠落人间的小天使。其实，每个孩子们背上都有隐形的翅膀，只有真心俯下身子尊重他们、去倾听他们的内心，与他们平等、真诚交流的大人，才能感受到他们的智慧，也才能亲眼见识到他们的翅膀。

所以，我们这些自以为是的大人们啊，请静下心去用心去感受日常的点点滴滴，你会发现小孩子的语言竟然那么调皮和狡猾，亲友间对话竟然那么幽默和温暖……平淡的生活哪有那么多惊天动地，幸福其实就隐藏在这些细小、温馨、可爱的点滴中啊！

如果你有足够的耐心，请允许我随手采撷日常中的一言一语，絮絮讲给你听。嘘，请安静！他们的对话开始了……

熊孩子系列之一：一年级新生拾趣

一

小生侄儿刚上一年级，考完人生第一次试后，得意洋洋向叔叔汇报："我们老师不会出题，最后那个题是读一读呢，我读了好几遍。"

小生叹息："后面的写一写肯定没看见。"

发下试卷来，果然是"读一读，写一写"，意料之中这个题空着没得分。

二

航航说："妈妈，这次考试数学题太简单了，我检查了二十遍。"

妈妈大惊失色："完了，不会超过 90 分了，光忙着检查了，哪有时间去做题？"

果然不幸被妈妈说中。

三

文哲放学不等放下小书包，妈妈就好奇地打听："今天学了什么新知识？"

"老师教了新字。"

"啥字？"

"让我想想，跟粮食有关的。是棒子的棒？不对！是麦子的麦？也不对？是啥呢？"

妈妈不耐烦了，拿出课本一查，原来是玉米的玉。

四

语文试卷有一道题：请你描述喜欢的一种小动物。

文哲思考了一番，认认真真画了一只小羊，画完后，感觉不太像，怕老师认不出来，仔仔细细地在旁边标注：这是一只 yang。

童妈听说后，怕童童犯类似错误，连忙拉过他来，提示着："童童，要是老师让你描述一种小动物，你会做吗？怎么做？"

童童欢叫着："会，我画一只小马。"

五

越越母子遇到童童母子，越妈赶紧让越越招呼，越越痛快地喊完"舅妈"后就不出声了。越妈再三提示，"你还没喊童童哥哥呢？"

还在读幼儿园的越越极看不惯已上小学的童童神气活现的样子，不甘心叫哥哥，想了一会慢吞吞解释说："我一天只叫一个人。"

越妈不明白越越从何时起制定了这个规定。

六

刚上一年级的璐儿回来说:"老师今天为值日生没擦黑板很生气,威胁我们说,谁要是再忘了擦黑板,罚他回家呆一周。同学们都齐呼'耶',有的说呆两周更好了。"

七

父亲很宠爱孩子,对孙子简直到了崇拜的地步。小安上小学后,父亲遛街走进小学。恰逢小安捣蛋被老师撵出教室罚站,问他为什么站在外边,小安回答:"我出来透透气。"

父亲钦佩得不得了,回来后见人就显摆:"我家小安真阔气,别的孩子都在屋里学习,就他自己在屋外溜达,人家老师真有眼光,对他高看一眼。"

身为教师的我训斥他:"你别出去到处显摆了,人家笑话你,小安那是犯错误被罚站。"父亲着急地忙向小安求证。

一会儿,他又得意洋洋地回来了:"小安说了,耽误不了学习,因为班里就他们五个人不算成绩。"

面对父亲的沾沾自喜自高自大,我欲哭无泪。

八

淑青提包里好放上些糖果,见了小孩子就拿出来贿赂他们,因此孩子缘特别好,孩子们见了她就围着她转。尤以胥同为最,每次见到淑青,老远就笑咪咪大叫:"漂亮阿姨好!"胥同妈叹气道:"怎么这么不争气?一块糖就让你失去审美观了吗?"于是她被淑青追打了一番。

一次,胥同照旧叫了"漂亮阿姨",淑青却没掏出糖来。胥同很失望,说出的话又收不回来,又实在不甘心,开始挑剔起来:"阿姨的鞋子不好看，裤子也不好看，上衣也不好看……"胥同妈怕淑青难堪，慌忙提示："淑青啊，你那辆玩具小汽车是不是还没找到人送啊？"边说边向她暗示性挤眉弄眼。

见淑青阿姨点头，胥同立马改口："衣服不好看，就阿姨很好看"，说完躲在妈妈办公桌后面。

淑青叹气说："唉，看来他也意识到说了违心的话了。"

开会集合时，我指着小唐怂恿着："胥同，你给他叫哥哥，阿姨给你糖吃。"小家伙痛痛快快叫了声："哥哥。"立杰笑着逗他："你给他叫哥哥，那他该给我叫什么？"他考虑了一下说："他给你叫叔叔。"占了便宜的立杰哈哈大笑。

"那该给我叫什么呢？"老陈也想讨点便宜，小胥同认真打量了半天，不放心又站在椅子上观察了一下老陈稀疏的头顶，下来后很肯定地回答："叫姥爷。"老陈在我们的哈哈大笑中悻悻地说："这种伤害无法弥补！早上白洗了头！白刮了胡子！白忙活了！"看到胥同妈得意洋洋笑得天翻地覆，立刻反击道："小王，看来咱得重新排排辈分了。"

217

熊孩子系列之二：童言无忌

在日常工作和生活中，总有朋友很好奇地问我："你怎么每天都那么开心啊？在你眼里有忧愁的事情吗？是不是上天特别厚待你啊？"也曾有同事奇怪地看着笑呵呵的我训斥说："笑点这么低啊？有什么值得好笑的呢？"

被追问得多了，我也开始怀疑自己，可能笑点就是很低吧？要不怎么会有这么多值得笑的理由呢？可是，生活中明明有太多太多让人心情快乐的事情啊！光是单纯的小孩子的童言稚语就够让人捧腹的了。

嘘，请安静！熊孩子又开始发表他们的奇葩演讲了……

一

"六一"儿童节时，幼儿园要举行讲故事比赛。童妈童爸如临大敌，一心想让儿子在所有人面前一鸣惊人，满足一下两口子望子成龙的期待。

于是，在诚心诚意请教了从小就参加演讲比赛、讲故事比赛的小姑奶奶以后，全家人紧锣密鼓地准备开了，他俩的架势吓坏了童童。

在"六一"那天早上，童童拒绝起床，义正辞严地宣布："妈妈，我今天讲不了故事了。"

"为什么？"童妈大惊失色。

"我脚痛。"

"可是讲故事不用脚啊？"童妈松了一口气。

"脚痛，我就站不住，站不住怎么讲？"

"那我扶着你讲。"童妈坚持着。童童只好无奈地起床。

在进演讲室时，童童坚持不允许童妈童爸在台下听，态度极其坚定不可动摇，自己独自走进了活动大厅。童妈童爸决定悄悄去大厅找个不显眼的地方欣赏陶醉一下。没等他俩转身去大厅，童童已经跟出来了。童妈惊奇的眼珠都要掉下来了："你怎么出来了？该你上台了！"

"我已经讲完了！"童童很轻松。

"天啊！讲的这么快？"

"我没讲准备的那个，太长了。我讲了个小鸡吃虫子的故事。"

"你咋讲的？"童妈快晕过去了。

"小鸡饿了，找到一条小虫子，吃了。"童童一本正经。

"那老师怎么说？"童妈欲哭无泪。

"老师们都笑了，让我以后讲故事要讲的长一点。"

童爸童妈直抹冷汗，互相抱怨、安慰："幸亏咱没进去，否则丢人丢到大西洋去了！"

二

童童从幼儿园回来后习惯上三姑奶奶的超市去转一圈。三姑奶奶絮絮叨叨地问："童童，想我了没有？"

"没。"很诚实地回答。

"为什么不想我？我咋惹着你了？"三姑奶奶很惊讶。

"昨天我想过了。"很不耐烦的样子。

转了一圈，提出申请："三姑奶奶，我想吃个好东西。"

"不行啊，你又不想人家。"三姑奶奶记仇，报复性地回答。

"啊呀，三姑奶奶，你上当了，我刚才说不想你，是骗你的。"童童一脸胜利的微笑。

三

小姑璐儿不知何故惹恼了童童。

童童威吓她说："你再惹我，我让我奶奶拿着刀，让我爷爷拿着棍子，让他们一起打你。打累了，让他俩换过棍子和刀来继续打你。"

一向以严厉管教孩子出名的爷爷惊得目瞪口呆。

四

童童和舅舅家小表弟斗嘴吹小牛皮。

"我有个小火车和屋子那么大！"童童吹嘘着。

"我有大汽车和天那么大！"策策紧跟其后。

"那你拿来我看看。"童童表示怀疑。

"你拿来我就拿来。"策策反应很快。

第一局策策赢。

"我爷爷会开飞机。"童童抢先宣布。

"我爷爷也会开飞机。"策策不甘示弱。

"我姥爷是解放军，我爷爷当过民兵，我让他俩拿着枪打你。"童童又出奇招。

第二局策策败北，大哭："我姥爷不是解放军。"童妈赶紧上前安慰策策："没事没事，他姥爷不是你爷爷吗？"

五

过年时，童童拿到不少压岁钱。

他向大家炫耀："等我长大了，我要用压岁钱买个宝马车，不够再给爷爷要点。我开车拉着铠甲勇士、拉着奥特曼、拉着韩阳一鸣（幼儿园的园花，所有小男生心仪的小美女）。"

"那我呢？"童妈着急地问。

"你在家看家就行。"童童很坦然。

"唉！早就知道生男孩不如生女儿好了。"童妈感慨万千。

童童又宣布："我以后结了婚买个大房子就搬出去住，我们俩上幼儿园，你在家看孩子。"以此安慰失落的童妈。

六

周末家族聚会，饭桌上，童童向当老师的我请教。

"小姑奶奶，我想娶韩阳一鸣，可是还有个男生也想娶她，怎么办？"巴掌大的小脸很苦恼。

"告老师去。"我热心给他出主意。

"老师说不管。"小小心灵苦恼依旧。

"那就和那男孩决斗，谁赢了谁就娶她。"我热情洋溢地继续出主意。

"小姑奶奶你还当老师呢，幼儿园不让打架。"对我的这个建议他不屑一顾。

"韩阳一鸣到底有多漂亮？"我好奇地问他。

童童耐心解释："比方说，这是世界，"他在桌子上画了个大圆圈，"韩阳一鸣就是这世界上最漂亮的。"大拇指指向自己，"我就是这世界上最帅的。"自信满满。

临告别时，他好奇地问四姑奶奶："亮亮叔叔呢？"

"死了。"因为母子争执,余怒未消的四姑奶奶骂道。

"四姑奶奶,你说谎当心会长出长鼻子。"童童很担心地提醒着。

七

夏日的晚上,大家都聚集在商店前玩,已退休的老朱也在。

老朱爱开玩笑,看着童妈牵着趾高气扬的童童走近,笑嘻嘻问:"你穿裤衩了吗?"随手把童童的小裤子拉了下来。

已上幼儿园并初步有了性别概念的童童大羞,一边拼命拽裤子,一边冲上去打老朱,恨恨地说:"我不和你散伙,我永远不和你散伙"(放不过的意思)。

八

夏天晚饭后大家照例在乘凉、闲聊。渐渐大家的眼光都集中在一旁的童童身上。

第一条小狗在主人的陪伴下过来,童童冲了过去,冲着小狗做出各种各样的鬼脸,试图引起小狗的注意。结果人家小狗理都没理他,无动于衷地走了。童童索然无趣。

第二只小狗远远走过来,他立刻又冲上去,冲着它"汪汪汪"地叫。小狗也许是太淡定,也可能是被他的架势吓晕了,一动不动看着他,后来索性坐在地上安静地注视着童童。

我在一旁担任解说:"看到了吗?童童在向我们展示什么叫三岁四岁狗也嫌,那些小狗都不愿意搭理他。"大家都笑。

三姐担忧地说:"把他快拉过来吧!他的嗓子都哑得说不出话了,万一小狗气坏了,咬他一口,咋办?"

童妈说:"每天从幼儿园回来嗓子都跟破锣一样,随他去。"

童爸不紧不慢地说:"三姑不用为他担心,该担心的是小狗,童童还在犹豫着该不该咬它一口呢。"

大家伙全笑倒了。

九

我每次都纳闷，先生即使刚洗完澡，地板上仍然能留下黑色脚印，我好奇他是咋洗的。

童童拍手叫起来，一语道破天机："小姑爷爷是干洗的。"

十

二姐这次回来，上牙还没有补好，变得面目全非。

她的这种变化把童童吓得惊慌失措，他坚持认为二姑奶奶被人给掉包了，不但不让她抱，而且拒绝和她说话。

晚上童爸来接我们去聚餐，我刚上车，童童就郑重其事地问我："小姑奶奶，你带照相机了吗？"

"没带，干嘛？"

"给你旁边那个掉了牙的怪兽照张相，她吓死我了。奥特曼也不知道在哪里？怎么还不来打怪兽？"

在围桌吃饭时，他绕着桌子转完一圈又一圈，边绕边宣布："我喜欢的就摸一下，我讨厌的就戳一下。"然后不顾童妈童爸尴尬地由递眼色到明目张胆地呵斥，在唯独经过二姐时，就用小手指头狠狠戳她一下。二姐自我解嘲地说："幸亏我脸皮厚，抗打击能力强，要是换成他四姑奶奶早羞哭了。"

在大家笑谈等童童结婚时，谁还能坚持活到参加婚礼。童童突然注意力集中了，他大声说："我结婚时，我爷爷奶奶如果不染头发不能参加，姥姥姥爷也得染头发，"突然一拍小手，"哎呀，掉了牙也不能去。"然后，很严肃地讨要以前送给二姑奶奶的小贴画，二姑奶奶骂道："他娘的真不是东西！送了人的东西哪能再要回去？我忘了放在哪里了？"他自己拿过二姐的皮包，很快地从内夹层里拿出了他送的奥特曼的小贴画。

寒寒讨好地问："那我能去吗？"他上上下下审视了一下，表示同意，旗帜鲜明地表明自己对美丑的严肃立场。璐璐爱较真，很不服气在一旁威胁他说："你要是不让我去，我就不给你红包！"

我很感慨："爱美是人的天性，这么小的孩子都喜欢漂亮的，看来咱们女人还真不能放弃修饰自己，还得坚持美下去啊！"

熊孩子系列之三：璐璐语录

恶搞爸爸

机灵古怪的璐儿从小爱出其不意的给爸爸妈妈出脑筋急转弯，尤其是爱针对盲目愚忠的爸爸，当爸爸回答完毕时，璐儿永远振振有词判断他回答错误。

例如："爸爸，1+1=？"

"2。"爸爸老老实实回答。

"错，1+1=11。"璐儿得意洋洋用手指竖着比划。

一会儿，又问："爸爸，1+1=？"

"11。"这次爸爸学乖了。

"错，1+1=王。"璐儿又得意洋洋用手指横着比划。

长此以往，每当她提问题，爸爸提心吊胆、绞尽脑汁地备战，甚至去求教百度，然而答案依旧没有正确过。

一日，璐儿又在纠缠着妈妈问十万个为什么，从没有耐心的妈妈照旧转嫁危机,"哎呀,宝贝真聪明,我又被难倒了!去问爸爸吧。"

嫁祸没成功,璐儿这次没上当,却生气地顶嘴:"爸爸傻,我不问他。"

一听自己老公被如此诬蔑,妈妈不干了,立刻护短:"你爸爸很聪明,不许这样说他。"

"本来就是,他连1+1等于几都不知道。"璐儿继续理直气壮顶嘴。

"胡说八道,"见色忘友的妈妈此刻完全站在她丈夫一边,继续狡辩,"不许侮辱爸爸。"

"不信?那好,爸爸你过来。"她扬声说。接到圣旨的爸爸立马屁颠颠从书房出来,拂着马蹄袖先回一声"喳",然后请旨"宝贝,什么指示?"

"爸爸,1+1等于几啊?你告诉妈妈。"璐儿不怀好意地循循善诱。

爸爸立刻警惕起来,望着妈妈很坚决地回答:"1+1肯定不等于2。"

"怎么样?"璐儿得意地笑,"我没冤枉他吧!"

在璐儿胜利的咯咯笑声中,夫妻俩的民族统一战线被轻松瓦解,妈妈灰心地放弃了替老公辩护,而一脸无辜的爸爸站在那儿莫名其妙,不知所措。

小小势利眼

璐儿喜欢收集各种名片,爸爸、舅舅包括搬家公司、保洁公司甚至通下水道的,无论我们需要什么电话,她立刻就能从自己的百宝箱里翻找出来。所以她对各种头衔记得很清楚。

一次,她拿出一张印刷精美的名片自言自语说:"质量不错,看不出小舅舅还是个董事长咧,妈妈还老笑话他傻,老和他吵架,妈妈实在是不该。"

妈妈爱听阎维文唱歌。看春节联欢晚会时,花痴妈妈一边赞美他的歌声优美，一边赞美他的英姿飒爽，璐儿在一旁越听越来气，很为爸爸抱不平。突然插腔问道："妈妈，你认为阎维文好还是科长好？"妈妈一时没回过神来。

"你年轻时想到嫁给一个科长吗？"她进一步提醒道。妈妈醒悟过来，认真地思考了一会，很诚恳地回答："没想到，当然还是嫁给科长好。"璐儿偶尔在路上遇见爸爸朋友，人家称呼了一声"张科长"，被她记在了心里。她见一语点醒了糊涂的梦中人，很满意地点点头，又聚精会神给那可怜的快脱了皮的芭比娃娃设计第101次发型和服装了。

爸爸看到女儿为他出头，得意得几乎晕过去。

藏宝记

三岁的慧慧，对已上小学一年级的璐儿崇拜得五体投地。

璐儿："妈妈，小孩子真有意思。慧慧今天让我参观她的百宝箱，还神神秘秘一再嘱咐我对谁也不能说，你猜里面有什么？"一向自诩美貌与智慧并重的妈妈立刻配合地摆出一副白痴相，表示无从猜测。

"几粒破纽扣、几片碎的彩色玻璃、一把彩布条、几张我送给她的小贴画，看见她那么认真，我都不敢笑话她，她的财宝有多么好玩啊！"璐儿感慨地说。

妈妈莞尔。其实她自己才刚刚走过这个时期，把所有微不足道甚至可笑的垃圾当宝，每次为妈妈收拾房间给她扔掉而哭闹不休。与"秃小子"相比，女孩子的收藏文雅正常太多了。办公室郑老师多次抱怨自家"秃小子"的收藏：拖把杆子、木头棍子、石头蛋子、破气枪、烂塑料汽车、绑着翅膀的麻雀、半死不活的小老鼠……都在收藏之列。忍无可忍全扔出去，"秃小子"抢救回更多，还顺便捎带回别人家扔的破椅子坏桌子腿。天长日久，妈妈们彻底投降，绝望地放弃了与他们作斗争的指望。

偶尔璐儿跟着姨妈去幼儿园接慧慧，回来后一定絮絮叨叨羡慕不已，

"真想回到幼儿园时期,想想真幸福,有人哄着睡,哄着吃,连玩儿都哄着,不用做作业,像养小猪一样。"

语气已充满了沧桑。

出走记

璐儿从小很有主见。

一次不知什么原因,璐儿突然烦躁难缠,怎么哄也不行。妈妈很生气狠狠训斥了她,爸爸忘记了"一个扮红脸,一个扮白脸"的家庭教育原则,也上前助阵。在男女双打的激烈攻击下,尤其是向来赤胆忠心的爸爸的背叛,令璐儿颜面尽失,一败涂地。在举世皆敌,家无立锥之地的境况中,她愤然宣布:"我不要再给你们当孩子了,我走!"临走还踢了一脚防盗门来宣泄愤怒。

爸妈傻了眼,面面相觑。爸爸本能地想追出去,被老谋深算的妈妈一把拉住:"等会儿,她走不远,别给她养成动不动就离家出走的坏习惯。"话虽这样说,心里难免忐忑不安。时间在一分一秒流逝,半个小时后,俩人开始坐立不安,互相埋怨开了。外面刚下了雪,璐儿虽然穿着棉裤棉袄,但没穿棉外套,屋里暖气热,她出去时光着小脚穿一双塑料拖鞋,万一她真走远了,万一出去冻坏了,万一被人抱走了……妈妈越想越害怕,后悔极了当时为什么没拦住她,发疯般拉开门冲出去。

一出屋门,妈妈哭笑不得。璐儿就静静地站在门外倾听着屋里的动静,小脸已涨得通红,小嘴一鼓一鼓像青蛙肚皮,看来正在为嚎啕大哭做准备,一只小脚在第一个台阶上,另一只在第二个台阶上,为是否该往下迈还是回屋做着激烈思想斗争。一见爸妈出来,她立刻果断转身往下迈了一级台阶,然后回转身两手交叉在胸前示威地望着爸妈。

妈妈立刻有了主意,用凌厉的眼神制止住想扑过去的爸爸,故意装没看见她大声地说笑着:"咱出去逛街买好东西吃,再去看看那个乞讨的小孩去。"商场门口有个残疾小孩子乞讨，璐儿每次都向爸妈要几元钱给他。爸爸妈妈吓唬她，说他小时候赌气出走被坏人抱走，被拧断了胳膊和腿，只能天天在街上要饭。

这次爸爸破天荒表现出了配合，心领神会随在妈妈身后下楼。璐儿一见没人理她，心理防线立马崩溃，"哇"哭了起来："妈妈，我再也不敢了，再也不敢了。"爸爸心疼死了，马上放弃原则倒戈投降，抱起来"心肝宝贝"地哄。妈妈趁胜追击，展开了一系列家庭教育，郑重申明了面对错误行为决不妥协的坚定立场，并大肆渲染了小孩子出走的各种严重后果。

璐儿后怕极了，再三保证："妈妈，好险，我以后再不干傻事了！"
至此，璐儿的出走计划宣告彻底失败。

不听小孩言

临近新年，妈妈忘记了去年烫完发又立刻拉直的惨痛教训，贼心不死准备再次烫发，幻想通过换个发型能达到倾国倾城的效果，又担心烫不出预期的效果，唠唠叨叨了不下百次。

璐儿苦口婆心、语重心长：
"妈妈，是不是你对姨妈说过烫发对身体不好？"
"说过。"妈妈倒是毫不抵赖。
"是不是你说过染发剂里有致癌物质？"
"说过。"妈妈态度依然诚实。
"知道还去，那不是明知故犯吗？命重要还是美重要？"璐儿语气开始加重。
"生命是长远的，美是短暂的，还是先顾眼前吧。再说，烫一次头发不至于立刻得了癌症吧？"怀着侥幸心理的妈妈低声下气地征求她的建议。

面对妈妈的固执、不可救药，璐儿无奈地摇摇头，叹道："不听小孩言，吃亏在眼前。"随手拿起一本彩图版宝宝睡前故事，撅着嘴爬到自己的小床上，再也没搭理那个不争气的妈妈。

捉弄舅舅

小舅脾气暴躁，孩子们一见他就像老鼠见了猫，都悄悄躲他，一向自认和蔼可亲的他深以为憾。唯有璐儿不但不怕，反而专门捉弄他。

听说小舅要来，她急匆匆喝完一包酸奶，把奶袋子重新吹起来，做出完好如初的样子，并早早站在防盗门口迎接小舅。

小舅一进门。

"小舅舅好！"心怀鬼胎的璐儿深鞠一躬。

"璐璐真聪明，真有礼貌，随小舅啊！"小舅大乐的同时不忘记给自己脸上贴金。

"小舅舅请喝酸奶。"她热情、恭敬地用小手托着酸奶袋子奉送给小舅。

小舅一抓，袋子"扑"一下瘪了，"这小东西还耍我哩。"小舅讪讪地笑，全家都笑弯了腰。璐儿却在笑声里若无其事抱起玩具娃娃又忙着给她换衣服去了。

一会功夫，她又抱着芭比娃娃鬼头鬼脑出来了，小手殷勤地递上一瓣桔子："小舅舅请吃桔子。"

"谢谢璐璐，咱家数你最聪明最听话，哥哥姐姐们都该学习你。"小舅一边表扬她一边把桔子送进嘴里，立刻眉头大皱，"太苦了，含不住"。

"回屋去！大人说话小孩子别捣乱。"妈妈气急败坏训斥璐儿，关键时刻她偏向娘家人，怕自己哥哥下不来台，提溜起璐儿准备塞回里屋。"我拿我的小笤帚嘞。"璐儿嚷嚷着挣脱开来，理直气壮地穿过客厅，拿起一把玩具小笤帚走了。

"谁说咱小舅舅很厉害？他连个苦点的桔子都不敢吃。"璐儿不屑一顾地告诉雪儿姐姐。

"小舅舅与我爸爸智商差不多，有什么可怕的？"这是璐儿对小舅的最终评价。

摔跤记

璐儿遇事很有大将风度，处变不惊。一日妈妈骑电动车独自到四村看姥姥。姥姥家门前有一条小路，两旁栽满茂密的冬青，她过高估计了自己的驾驶水平，一咬牙便骑了过去。可惜，手不听大脑指挥，刹闸变成了加油门，一个跟头栽倒在冬青里。

璐儿从幼儿园回来后看见妈妈脸上的划痕，她责备妈妈说："知道自己技术不行，你干脆走姥姥西边的大路呀，逞什么能？说了你多少次，就是不听。"妈妈后怕地说："幸亏当时你不在车上，否则给你毁容了。"璐儿得意地一笑："那我早跳下来了，我有那么傻，跟你去冒险？"一脸的不屑。

周末晚上从姥姥家出来，璐儿刚爬上车，妈妈没扶住车把，车子不争气地又倒了。她从地上爬起来，拍拍身上的土，恨铁不成钢地抱怨着："给你当孩子可真不容易，可摔死我了。"妈妈小心翼翼地问："你还敢坐吗？"

"有什么了不起的，大不了再摔一次。"她轻蔑地说着，又勇敢地爬上了电动车。

庭审记

爸爸从幼儿园接回璐儿，她喊饿，爸爸就买了蜂蜜小面包，但不允许她在路上吃，爷俩怄着气回了家。

爸爸反复申诉不让她吃的一百种理由，璐儿已经极度不耐烦了，爸爸仍然不识趣地继续唠叨。忍无可忍无须再忍，她果断走进厨房，拿起一个小碗，威胁道："爸爸你再说，我就摔了它。"爸爸铁定她没有胆量摔，仍然喋喋不休挑战她的极限，璐儿挑衅地举起小碗摔在地上，然后屁股上就挨了几巴掌。从没挨过爸爸打的她难以接受，哭得死去活来。

妈妈回来，看到一地碎屑勃然大怒，厉声喊出双方犯罪嫌疑人，逼问案件缘由。

璐儿哭天抢地上前，试图充当原告，以防爸爸恶人先告状。妈妈却偏心，规定爸爸先说，由她补充细节。当双方最终申诉完毕，妈妈当庭判决如下：

一、爸爸不让在路上吃东西是怕灌进嘴里风，为她身体着想，没错。但是处理方式太粗暴，有唠叨的嫌疑，判决应该向璐儿赔礼道歉。

二、被摔碎的小碗属于家庭公共财物，任何人无权损坏，璐儿虽然饥饿有情可原，但破坏公共财物实属不该，判决由她负责赔偿经济损失两元，从每月五元钱的零花钱里扣除。

三、双方若无异议，遵照宣判执行。

父女俩对庭审结果的公正性表示满意，认罪态度良好。在一片祥和中，双方犯罪嫌疑人达成新的谅解。

餐桌上的战争

餐桌上，妈妈表扬爸爸最大的优点是眼光好，找了一个好媳妇。爸爸不服气，反驳妈妈的眼光比他的还好。双方为谁的眼光好争论起来，争论到最后，彼此都有点恼羞成怒、反目成仇的意味。

璐儿暂任法官息事宁人："好了好了，你俩眼光都很好，你们郎才女貌超级般配，别争了，吃饭！"爸爸不依不饶："我当时认识的哪个都比你漂亮。"妈妈火了："我闭着眼摸个也比你帅。"璐儿有点烦爸爸的不识趣："对，妈妈闭着眼摸个也比你帅。"妈妈赶紧对她的支援表示衷心的感谢，并扮苦情戏乘胜追杀："还是女儿贴心！如果你爸爸背叛了我，你怎么办？"璐儿拍拍妈妈的手安慰说："相信他，他不会的，否则我剁了他。"

爸爸不甘示弱："那如果你妈妈背叛了我怎么办？"她眼皮抬也不抬："我还是剁了你。""为什么？"爸爸惊叫着垂死挣扎。"谁叫你没看好她，让她跑了。我总不能整天跟着她吧，我还要上学呢。"妈妈大笑，璐儿轻声提醒她："低调！低调！"母女俩连击三掌以表胜利，落败的爸爸灰溜溜看他的新闻去了。

厌食记

璐儿从小饭量小，在同龄小孩能吃到十个饺子时，她仍然令人灰心丧气地停留在三四个饺子的水平上。喂一个鸡蛋需要奶奶满东城跑着追，还要不停地表扬"嘴张得比老虎大""比狗熊大"等等，反正是所有的动物都不如她的嘴大，要么就是：嘴张得这么大，吓死爸爸、妈妈、奶奶、爷爷等所有的家人。在这种灭绝人寰的情况下，她才肯停下吃进一口，并且光含着不往下咽。奶奶好容易盼她张一次口，恨不得连整个鸡蛋塞进她嘴里。

妈妈忍无可忍，屡屡主张狠狠地饿她一顿，却因为遭到奶奶爷爷的坚决抵制而失败。看到她吃饭如咽毒药的痛苦，妈妈常常忘记在餐桌上不发脾气的规定，怒吼一声："快吃……"而她每次都是把时间拿捏得恰到好处，不等妈妈吼完，就及时快速地接上一个字："饭"，妈妈登时像泄了气的皮球。

妈妈最羡慕同事郑女士。郑氏家有三虎（老、大、小各一），胃口巨好。郑女士每每抱怨："昨晚蒸两锅四层蒸包，今早售罄，自己一个没捞着吃。"言若有憾，心实喜之。每到下班，她无意留恋办公室的闲聊，大手一挥气势磅礴："回家办饭！""办"字斩钉截铁，让人想起"沙场秋点兵"的辽远，以及操练后"埋锅造饭"的恢宏。光是想象一下郑氏餐桌上的"风卷残云"就能给人带来好胃口，再对照自家餐桌上"天凉好个秋"的萧条冷落，想想自家男主子那比主妇还要纤细的腰，璐儿愁眉苦脸的吃饭表情，妈妈顿时泯灭了做饭的激情。虽然野性未驯的老猫，也偶尔怀着当老虎的梦，却被现实无情地粉碎了。

天长日久，妈妈成了祥林嫂，见人就诉苦："熊孩子光含着饭不往下咽……"诉说次数多了，璐儿倒背如流，常常抢过妈妈话头解释："阿姨，有时我能把饭含甜了。"妈妈气到失语。

终于有一次，璐儿主动拿起一个蒸包，夸下海口说："你们信不信我能吃掉它？"爸爸赶紧阿谀奉承："对对对，你绝对能吃下它。"妈妈想采用激将法，故意刺激她说："吹牛，你绝对吃不下它。"在他俩紧张地注视下，璐儿吃了几口，愁眉苦脸含了半天，最终颓然放下包子，看到妈妈已近爆发，赶紧讨好地说："妈妈，真聪明！你猜对了，我真的吃不上它。"妈妈绝望地走开，拒绝接受她的溜须拍马。

适者生存

每年的腊月二十四是母亲的生日，这是我们这个四世同堂大家族的重要日子，热闹程度不亚于过年。哥哥们照例在酒店摆酒席庆祝，近五十口人济济一堂煞是壮观。

在寿宴结束下楼时，我们发现璐儿趴在楼梯上伤心地哭。追问怎么了，委屈诉说哥哥姐姐们都上清风湖玩去了，没带上她。

二姐急了，大骂那帮大家伙们不仗义，不知道让着小妹妹，安慰璐儿说："别哭别哭，等静静姐姐他们回来，二姨负责打断他们的狗腿给你报仇。"

我不赞同二姐护犊子的做法，耐心向璐儿解释："你奶奶家的人口少，性格温和沉静，所以哥哥姐姐们通常会让你先上车，反正都能坐得下，谁也不抢。姥姥家不一样，小孩子太多了，性格又都大大咧咧，谁也顾不过谁来，人多座位少就得争。你站在那里肯定是不争不抢不表态，光等着大家先请你上车，谁知道你想不想去呢？"

璐儿一脸恍然。

大年初二，照例回娘家参加大聚会。一整天，各人玩各人的，我几乎没见到璐儿。晚上回家，她得意洋洋地向我汇报："妈妈，今天哥哥姐姐们上天鹅湖玩，安伟哥哥开车。他上哪儿我就跟到哪儿，结果我去成了，凯莉姐姐没坐上车。"

在姥姥家，璐儿明白了"适者生存"的自然法则。

第六辑　附录

世间最美的收藏
张舒雯

世间再平庸的孩子在父母眼里都是绝版，无法复制。

从我三岁开始，父母每年都带我出去旅游，妈妈的人生信条是"走万里路，读万卷书"。每到一个城市，我们第一个参观地必然是博物馆。妈妈说，要想深入了解一个地方的文化，博物馆是最好的地方，最能开阔视野。我一直以自己见识过那么多精彩的收藏为骄傲，直到有一天，我惊觉原来世间最美的收藏竟在我身边。

搬到新家时，我兴致勃勃地帮忙摆放物品，突然发现一个很精致的旅行箱，那种描龙绘凤的张扬预示着一定是妈妈出嫁时的喜箱。缠着妈妈要来钥匙，打开潘多拉宝盒的刹那，我甚至有些紧张。

结果大失所望，完全没有想象中的珠光宝气，只是一些陈旧的小玩意。折叠整齐的婴儿衣服、玩旧的玩具、一捆卡片、几个笔记本，以及手工拙劣的小制作，看来妈妈把我每个时期有纪念意义的物品都挑了几件留作了纪念。细细翻检，感慨万千，原来我成长的点点滴滴被妈妈收藏得如此完整，我真幸运！

童年时妈妈偏爱给我买海军装，收藏的衣服从蓝白条伞裙，带雪白飘带的水手T恤，到蕾丝花边的小白袜，煞是好看。一件白底粉色花的小小旗袍看着眼熟，比芭比娃娃的衣服大不了多少，恍然记起相册中有一张母女穿的是同款旗袍。一件黄色的棉衣，华丽丽的长毛领子占了衣服的一半面积。记忆中妈妈也有一件类似的大衣，记得母女高调扮贵妇人，我那淑女包小得只够塞得进几块糖果，逛街时曾让爸爸骄傲得不得了。还有一双红色小靴子，只有12号，比一只桃子大不了多少；一双米奇小拖鞋，肥肥短短，长度和宽度几乎一致，可爱得让人心疼。

我索性坐在地上继续翻检。有一只洗澡时玩耍的小橡皮鸭子，被啃咬得牙痕斑斑，估计是我换牙时的辉煌战果。一捆用丝线扎紧的手工贺卡，是用普通折纸折叠的，那是每年我送妈妈的礼物：用五颜六色的蜡笔拼拼凑凑的大头像、花朵，用最笨拙的字体歪歪扭扭的标注着哪个是妈妈，哪个是我，哪个是爸爸，还混杂着拼音。我读一年级时记的日记，里面甚至还有两张欠条，内容令人啼笑皆非：张舒雯欠练习古筝一次。妈妈欠故事两个。"张"字的左边比右边几乎大了两倍，双方还郑重其事的签字画押，实在滑稽！奖状从幼儿园开始至今，我所有童稚的欢笑和进步都被她收在陪嫁的箱子里珍藏，竟收了这么多年！只要打开箱子，就如同打开了那芬芳的往日，在每一件惹人爱怜的衣服上，都能激起一段惹人怜爱的故事。

越看越惊奇，越看越感动，不知何时我已泪水满面，心底最深处一个角落开始变得柔软，妈妈以独特的形式为母爱作了最生动的演绎和诠释。原来我一直尊贵地笼罩在母爱的灿烂阳光中，这种爱至真至纯，纯朴自然，如水般滋养温暖着我，在不经意间已悄悄浸润在我的血液脉络中。

世间再平庸的孩子在父母眼里都是绝版吧？因为每一个都无法复制。在母亲眼里，每个孩子都是天才和神童，值得建一个专门博物馆来收藏，向世人证明自己的孩子有多么独特，多么优秀，多么与众不同，而且随时准备出示证据，高调得丝毫不掩饰。

其实，我们每个人都有自己的博物馆，馆长的名字千篇一律——母亲。那里盛满了这世间最美的收藏！生命虽然短暂，青春虽然易凋，因为拥有妈妈如此丰盈的爱，能让我们享受生命中每一个刹间的喜悦，再平凡的人生也会变得甜美而绵远！

旧时嫁衣
张舒雯

在每年换季时，妈妈习惯收拾衣橱，她虽不是佳人，却喜欢体会那种初试罗裳的娇俏感觉。她常常把我们过季的衣服洗净叠好，把应季的洗净熨好挂在明显的地方，一来不占空间，二来方便选择更换，以免有漏穿的衣服压箱底的状况，然后感叹女人的衣橱总少一件衣服实在是至理名言。

我每次趁妈妈不注意时会悄悄试穿那两件南韩丝上衣，白衣胜雪，红衣似火。我几次向她请求穿一穿那件白色的，妈妈总也不肯，说那是她的珍宝，对她有特殊意义，总怕被我糟蹋，说要等我懂得珍惜时才给我。妈妈说那是她刚参加工作时买的，那时候她每月工资两百多元，而这两件美衣正好是她一个半月的工资。当时店里有红白两件，她一见之下立刻倾心，纠结了数日，实在无法割舍任何一件，终于咬牙全买下，盘算着出嫁时穿红色的当嫁衣最好。女同事笑话她小姑娘恨嫁得厉害，哪里见过还没有对象就早早买好嫁衣的。

一场秋雨顿时带来了满满的寒意。这个早上妈妈欣然拿出白丝衬衣，配上一条黑色长款一步裙，随手扣上一条镶铜扣子的欧式腰封，对镜自照，复古范十足。我在一旁拍手叫好："妈妈好帅！"正在厨房忙碌的爸爸闻声抬头，一怔之下笑了，我不理解那笑容的含义，只觉那是属于他们两人的甜蜜秘密，妈妈幸福，爸爸宠溺。后来，妈妈告诉我，她这身打扮正是二十多年前初次去奶奶家时的样子。妈妈说的时候似乎又回到了过去，她轻轻感叹着，走得最急的往往都是最美的时光啊。

妈妈沉浸在往事回忆中。当初相识的生涩过去之后，爸爸开始三番五次邀请她去他家。看她犹疑不定，他再三保证只是一次很普通的串门，他根本不给家人打招呼，只说是普通同学偶然路过，对他们的关系不会有任何影响，让她不必有压力。

谁知刚一进村子，妈妈立刻惊觉上当了。爸爸满面春风地跟每一个遇到的村民热情打招呼，所以不等他们到奶奶家门口，"张家老二带新媳妇回来"的消息已经传遍每个胡同口。他们刚进家门就见一大群人热情迎了出来，分明是迎接新媳妇上门的场面。妈妈像个木偶般茫茫然听他不住口介绍：姑们、姨们、姐姐们、嫂子们……更吃惊的是每个人都笑嘻嘻地往她手里塞见面钱，哪里容她去辩解他们只是普通朋友。回头看爸爸贼兮兮的坏笑，怎么看都像是早有预谋，一副胸有成竹的镇定。

"那一天，似乎他家里有传说中的聚宝盆，"妈妈笑吟吟低语，继续陷入回忆，"因为几乎全村的人都来他家借东西、还东西，借或还的东西五花八门：锄头、镰刀、种子、箩筐甚至碗盘。"淳朴的村人们程序几乎千篇一律：进门先交代来的目的，然后抬头，恍然，惊呼："呦，来客人了！"然后在奶奶的热情招呼中毫不推辞地坐下，喝茶、抽烟，加入早来的人群中交头接耳，有的含蓄只用目光审视，有的直接议论："穿的太素了！"因为没预料到是这样隆重的场面，所以妈妈当时只是穿了那件极心爱的白衬衣配了条黑色一步裙。爸爸鬼笑着对她低语："见了我亲戚和村人，又拿了见面钱，看你还能跑到哪里？干脆嫁了吧！"她一边暗暗埋怨他的心机太坏，一边后悔自己没有穿上那件红色衬衣，显得喜庆一点。听完妈妈貌似抱怨实则暗喜的话，我恍然大悟，因为一直以来我都怀疑，以妈妈的清高怎会被略显木讷的爸爸拿下？原来爸爸大智若愚，我不由暗自为爸爸的城府和心机庆幸、点赞。

三年后，妈妈终于穿上了最心爱的红丝衬衣，配上红色丝裙，一步走向了红地毯那边静静等待的爸爸。从此他俩携手在阳光下共同筑梦，共同期待由我带给他们的每一场姹紫嫣红的花事，共同守着冷暖交织的光阴慢慢变老。当然，期间难免会有争执，有委屈。爸爸常常批评妈妈乱花钱，妈妈常常抱怨爸爸不够勤快，不够温柔体贴。然而，幸福就是我心甘情愿陪你无聊到老。

如今，我从妈妈手里接过那两件旧时嫁衣，轻轻挂在我的衣橱里，它将成为我对婚姻的信念图腾。这嫁衣凝聚了一对最平凡的夫妻在世俗烟火中对爱情和幸福的所有期冀，对忠诚和信念的无语诠释。

在以后的韶华岁月中，无论我经历什么，无论顺境和逆境，那抹暖暖的红色，那抹纯洁的白色，将酝酿成我心头永远的明亮，提醒我别忘了在心里种花植树，在爱的照耀下飞得更高更远。

释放爱的空间
——母女对话录

张舒雯

亲爱的孩子,你幸福吗?

在你生下来的那一刻,我发誓将许你我所能给的一切,让你成为最幸福的孩子。我发誓将给你提供最优越的条件:新奇的玩具、漂亮的衣服、宽敞的房间;我会小心牵着你的小手过马路,不允许有任何威胁你安全的可能存在;我会学着烹调最精美的食物给你吃;我会永远站在你视线左右,呵护你远离那些可能致你受伤的危险举动;我会陪你弹古筝、学舞蹈、迷电影……做一切我们小时候因为贫穷连想都不敢奢想的事情。孩子,我期待你健康、快乐,你的如花般的笑容将是我最大的回报。

亲爱的妈妈,我并不如您所想的那么快乐。

您能给我令人感动的呵护,我却向往亲身体验而得到的快乐。您呵护得太久,荫蔽得太深,所以,在没有您牵手相伴的时候,我甚至不敢独自一人穿过熙熙攘攘的马路。您知道我有多么憎恨我的懦弱胆怯吗?

您知道上学放学,我坐在密不透风的汽车里时,心里却羡慕着同学骑着自行车在车水马龙中自由穿梭、大声谈笑、追逐奔跑吗?对我来说,车窗外的风景永远是格式化的定局,外面的热闹不属于我。

我期待上学放学能和同学手牵手一起步行,肩并肩骑着自行车,甚至在远离老师的监督后来个大撒把。您的手艺确实不差,可我也好奇朋友口中念叨的门口烧烤小吃,驯服的我被有毒食品的渲染所征服,已经失去了与同学们讨论的资格。我期待与同学痛快地去逛一天格子屋,去大跳街舞,去疯狂 k 歌……青春的热情,您是关不住也封杀不了的,请允许我小小放肆一下。可是我乖乖女的形象使我不敢越雷池一步,因为好怕妈妈您失望的眼神。所以,妈妈,我的快乐有小小的缺憾。

孩子,我只想做你身边的一棵树,为你遮风,为你挡雨,为你遮住炎热的烈阳,为你撑出一片浓浓的绿荫。为你,我愿承受生命所不能承受之重。

可是妈妈,我想试试自由翱翔的滋味。我期待感受黑夜,我期待感受暴风雨,我期待挑战,我期待冒险。漫漫人生路,您的呵护能有多久?还是该我自己去走,不是吗?温室里的花朵再娇艳比不上迎风招展的悬崖上的青松,我愿做那搏击长空的海燕。

所以,妈妈,请您试着放手,请允许我从您密不透风的爱里飞到外面去。在我飞翔时,把你的人生经验和智慧传授给我,帮我理智地避开平静海面暗藏的险礁。妈妈,您有自己独特的生命体验,请允许我也想尝试我的人生滋味。

孩子,对不起!

我没有想到我所认为的幸福的浓荫,会让你的生活笼起雾霾,竟然遮挡了自由的阳光。以后的日子,我会努力改变,只是请给我一些时间。

妈妈,如果我的坦白伤害了您,请看在我始终深爱您的份上,原谅我!

我会耐心期待您的改变,期待您释放爱的空间。

我们背后有个强大的中国
——观《战狼2》有感
张舒雯

估计吴京也没料到《战狼2》会缔造国产电影史上的票房奇迹：4小时破亿，1天破3亿，85小时破10亿，刷新华语片最快破10亿纪录。截至发文，票房已临近16亿。昨晚走出卢米影院，澎湃的激情如潮水翻涌，我耳边依然萦绕着观众们如雷的掌声和呐喊：好样的，我的中国！

故事发生在非洲附近的大海上，主人公冷锋（吴京饰）遭遇人生滑铁卢，被"开除军籍"。正当沉沦在命运的波涛时，一场意外突如其来，他突然被卷入了一场非洲国家叛乱。原本他可以安全撤离，然而军人的使命感使他孤身犯险，又冲回沦陷区，带领着身陷屠杀中的中国同胞和非洲难民，展开了生死大逃亡。

影片中中国部队对海外侨胞保护撤离的场景并不夸张，全都取材于真实撤侨事实。

从2006年东帝汶、所罗门撤侨至今，中国已组织了大大小小数十起撤侨行动，成千上万的海外中国公民得到祖国的及时援助。尼泊尔地震发生后，中国的飞机是第一个到达并接回自己国家的公民的。当时尼泊尔机场机场挤满了各国人，管理人员大喊：只有中国人能进来！因为只有中国的飞机到了！

在2011年利比亚撤侨事件里，中国以一流的规模和效率，获得了国际上的一致好评。美国《侨报》曾载文《撤离利比亚最好的国家形象宣传片》称：中国在短短8天，从利比亚撤出3.5万余中国公民，在如此复杂、动荡的局势下，如此迅速又有条不紊的完成这次新中国成立以来规模最大的海外撤侨行动，"中国速度"令人惊叹。没有对比就没有伤害。在当时利比亚国内局势动荡、武装分子袭击不断的环境下，民众对海上霸主英国撤侨行动的迟缓反对颇大，菲律宾总统一句"无能为力"更是激起义愤。美国外交关系委员会也在网上发声表示，中国坚决保护本国侨民、派出军舰为撤离船只护航的行为，比美国的"含蓄谨慎"更像一个"超级大国"。

就像电影中演的，美国女医生在被冷锋救下，去中国大使馆的路上高傲地说应该去美国大使馆，那里有世界上最好的海军陆战队。冷锋轻笑一声回答："如果找海军陆战队有用，那接你的应该是美国大使，而不是中国吉普车，除中国外的他国战舰已全部撤离非洲，其中就有一艘飘着星条旗。"女医生不服气地给美国大使馆打电话，却被告知已闭馆。

撤侨不仅仅是国家综合国力的展现，更是对每个国民始终如一的责任感。《战狼2》中有个场景让我印象极深：冷锋在超市买东西的时候，和老板说都是中国人，能不能便宜点。老板高傲地回应称自己现在改了国籍，不再是中国人，坚决不讲价。而当战乱发生，老板要寻求中国大使馆庇护的时候，却忙不迭地称自己是中国人，全然忘记曾经说过的自己是外国人的话。当非洲难民问他们是否能同去中国大使馆时，这位老板骄傲回答说："你们可能不行，那是我们的国家。"

一个强大的中国，带给世界的是不可忽视的存在感和强有力的震撼感。《战狼》剧组在非洲拍摄时，工作人员穿的衣服上都会佩戴一枚五星红旗，这是他们的护身符，这样当地人看到后就不会胡乱袭击他们。

电影里也有一个情节：欧洲雇佣兵杀害了中国医生陈博士，叛乱分子头目大发雷霆："不要杀中国人！中国是安理会常任理事国，等我夺取了政权，我还需要他们的认可！"所以非洲掌权者对中国的第一态度就是：不能得罪中国人。

影片最后，当中国车队因前方是交战区而被迫停车时，冷锋带伤忍着剧痛站上车顶，扔掉武器，高举五星红旗，以此向交战双方表明身份。于是正在开战的黑人纷纷停战高喊："是中国人，不要开枪！"中国车队最终安全驶过战区。

只有走出国门的时候才会体会到祖国强盛带来的归属感。这就是吴京想在电影中表达的：也许中国的护照，不能让你去到世界上任何一个地方。但中国的护照，可以把你从世界上任何一个地方带回来！

《左传》中的箴言："国之兴也，视民如伤，是其福也；其亡也，以民为土芥，是其祸也。"而如今，有这么一个兴盛强大的中国，一个"视民如伤"的中国，是国民之福，国人之幸。这样的中国，怎能不让人感到无尽的震撼和热血沸腾！

赤子情怀依旧　奋斗初心不改

时光荏苒，在岁月激流中，新中国已走过七十周年。七十载栉风沐雨，七十载风云变幻，从建国之初的一穷二白，到今日中国桥、中国路、中国车、中国港、中国网，一个个非凡的超级工程引领崭新的强国时代。拥有灿烂历史和悠久文化的中华民族饱经风雨，正以昂扬的姿态，向世界展现着自己的独特风采。

所有的伟大成就背后都凝聚着无数奋斗者的心血和汗水，一幅幅辉煌的画卷，都在讲述着一个个赤子的家国情怀。任时光流逝，赤子的情怀依旧，报国的初心不改。

君子端方，温良如玉。初次接触陈忠波的人，常常被他的亲和力所感染，他给人们的第一印象是儒雅，含蓄，略带几分书生的腼腆和文人的感性，让人一时很难把这位儒雅的书生与雷厉风行的汇佳软件科技公司掌舵人联系在一起。

作为东营市首家瞪羚企业，陈忠波带领汇佳软件科技公司坚持自主研发创新，发挥专业、专注的"工匠精神"，把"诚信、自强、创新、共享"的文化理念融入企业血液，打造出汇佳软件闪亮的企业标签：国家高新技术企业、"新三板"挂牌公司、山东省瞪羚企业、山东服务名牌产品、IT校园安全领域细分市场领航企业……

一个人的成长成才，必然离不开宏大的时代背景。让我们走近陈忠波，了解一个奋斗者的心路历程，感受一个赤子的家国情怀。

梁园虽好　非故乡

20世纪70年代的中国，无论物质条件还是文化教育，都处于比较匮乏的阶段。1971年出生在农村的陈忠波自然也不可避免地尝够贫穷的苦涩。童年的陈忠波像多数农村男孩子一样，调皮贪玩不爱学习，结果在小学升初中时没有被录取。辍学后的他整天陪着父亲下地干农活，目睹在生活重压下的父亲未老先衰的皱纹，耳闻母亲因艰难而愁苦的叹息，陈忠波茫然了。在一个烈日炎炎的午后，躲在村边的树林里，看着破破烂烂的村庄，想想自己渺茫的未来，陈忠波放声大哭。第二年他以第一名的成绩考入中学，从此学业一路顺风。对亲人对家乡深沉的爱，激发了陈忠波改变落后命运建设美好新生活的决心，清苦的生活磨砺出他勇于应对风风雨雨的坚强和倔强。

满腔赤子情，一颗报国心。作为访问学者在芬兰和瑞典学习工作的时候，陈忠波亲身感受到祖国与发达国家的巨大差距。在校园里课堂上有出色表现时，经常被问的一句话就是："你是日本人还是韩国人？"当他回答是中国人时，立刻就被问："台湾的还是香港的？"当他回答是大陆时，那种惊讶的眼光让陈忠波如坐针毡。更令他痛苦的是，产业链上端的发达国家的职员多数工作轻松，收入丰厚，而很多中国同胞却因为处于产业链末端，工作量繁重，工作时间长，像老黄牛一样勤奋耕耘，收入却悬殊巨大。

梁园虽好，非故乡！这是海外赤子们最纯粹的家国情怀。在海外漂泊过的游子，盼望祖国繁荣昌盛的愿望最迫切。陈忠波心里有一团烈火在燃烧，对故乡对亲人的爱在他心里升华为对祖国的热爱，学成归来，报效祖国，才是他的人生最大的圆满与成功。"现在正是国家发展的好时代，也是实现个人梦想最好的时代，我们应该带着经验、技术、想法和追求回来。"陈忠波毅然放弃了几家外企传递的橄榄枝，踏上了回国的征途。在对初心的坚守中，陈忠波开启了自己创业之旅。

建国七十年来，中国有两次大规模归国潮，旨在引进海外高层次人才回国为国服务，每一次都与国家、民族的召唤紧密相连。新中国成立之初，百废待兴，急需人才，大量海外学子响应祖国的号召，放弃海外的优越条件，纷纷加入建设新中国的行列。改革开放四十年，中国所取得的成就举世瞩目，为有志青年搭建了无数实现梦想的平台。海外学子们为了践行中国梦，纷纷汇入归国的大潮，引领中国在多个科研领域跻身世界前列。从"救国梦"到"强国梦"，从"个人梦"到"中国梦"，海外赤子用他们的才华和坚守诠释了报国的拳拳之心。

匠心铸魂路

奋斗的道路从来不会一帆风顺，往往荆棘丛生、充满坎坷。强者，总是从挫折中不断奋起、永不气馁。

如今的山东汇佳软件科技公司，在陈忠波的带领下，作为东营市国家级高新技术企业，走在了行业的前沿，承担了多项国家、省级科技创新基金和省、市级科技计划项目，得到许多海外高层次人才的关注和青睐，产品服务于各地教育部门、农业部门和党政机关，服务范围覆盖十几个省市。

然而创业之初的艰难，陈忠波刻骨铭心。是做成熟产品的代理赚取差价，还是从零开始做自主产品的研发？陈忠波辗转难眠，最终毅然决定从零开始做自主研发。研发阶段只有投入，没有回报，还要面对亲友们的质疑和不理解，其艰难程度超出常人想象。一个个难题横亘面前：没有原始积累，研发人才短缺，研发经费不足，研发时间紧迫，新产品营销市场推广难等等。

在竞争激烈的"逐鹿场"，唯有创新才能抢占先机，唯有创新才能提升新高度产生大效益。陈忠波身先士卒，争分夺秒，常常与员工边吃盒饭边探讨技术问题，新产品研发有时连续几天不合眼，甚至走路都能睡着。他一人兼多个角色，既是产品设计师，又是代码工程师，同时还兼管产品测试。凭借着他自身多年雄厚的技术积累，凭借着优秀的软件产品，凭借着能覆盖全国的优质网络服务，陈忠波最终杀出了一条康庄大道，使汇佳软件成为山东省校园安全信息化领域的领航者。

2018年7月，陈忠波迎来了他人生中另一个重要里程碑——汇佳软件取得了全国中小企业股份转让系统"新三板"同意挂牌函，这标志着汇佳软件成为真正的"公众公司"。在"新三板"挂牌上市对汇佳来说是个历史性跨越，为企业自身科技创新发展，承接更大的项目，承担更重的任务，提升融资能力等都打下了良好基础。

"作为一名创业者，一定要有担当、敢作为，将创新创业、苦干实干，作为表达爱国主义情怀的落脚点和出发点，拿出顽强拼搏的勇气，努力掌握核心技术。"这是陈忠波经常和他的伙伴们谈到的。把更多的科研成果和技术创新应用到生产生活的各个领域里，用自己的创新成果去造福社会、造福国家，并在世界的舞台上为国家增光添彩，这是陈忠波创业的初心。

致公报国情

只有把小我融入祖国的大我之中，与时代同步伐、与人民共命运，才能更好升华人生境界。

迈进新时代，不忘初心怀。2015年陈忠波光荣加入了中国致公党，揭开了他人生道路上崭新的篇章。他心系致公、履职参政认真踊跃，热心参加党派的各项工作。他先后捐助东营区红十字会、孤寡老人、留守儿童数万元，多年来坚持捐助东营技师学院多名贫困学生。因表现突出，他连续三年被评为致公党东营支部先进个人，致公党山东省委先进个人，他带领的汇佳科技作为致公企业被列为东营市首批高成长型重点培育企业，并受到致公党山东省委先进单位表彰。

海阔凭鱼跃，天高任鸟飞。作为有担当的致公党党员，陈忠波还担负起着沉甸甸的社会责任：他充分发挥自身的优势，多年来热心加强同出国和归国留学人员的联系，鼓励他们以多种形式回国和为国服务，为推动东营市与海外的经济、文化交流与合作，为东营市的经济发展和社会进步贡献着自己的力量。

逐梦正当时

有一种祝福叫祖国你好，有一种骄傲叫扬眉吐气，有一种努力叫苦干实干，有一种梦想叫伟大复兴。在新中国七十华诞之际，人民不会忘记，在新中国站起来、富起来到强起来的历史征程中，有无数普通平凡的奋斗者，他们将工匠精神的理解，升华成对祖国的无限忠诚，把个人理想融入民族复兴的伟大理想，以自己的实际行动在各行各业发挥引领作用。

七十风雨润枝繁，不忘初心路更远。身处美好时代，身逢历史机遇，陈忠波以奋斗者的姿态谱写着东营市科技发展的新篇章，用坚守、诚信、自强、创新、共享展现了新时代致公党人的坚守之美。

后记　与生活握手言和

　　合上电脑，迎着灿烂的阳光，伸展开双臂，舒舒服服地伸个懒腰，倾吐出我书写的疲倦，补充一下倾吐后心灵暂时的缺氧。

　　马克吐温说过，他的作品是写给孩子看的，希望大人看了，也能勾起美好的回忆，想起当初自己的感觉和行为，为自己昔日偶然产生的怪诞念头和滑稽言谈感到会心的一笑。这也正是我想要向孩子们所要表达的意图。

　　"谁念西风独自凉，萧萧黄叶闭疏窗，沉思往事立斜阳。披酒莫惊春睡重，赌书消得泼茶香，当时只道是寻常。"人，总是这样，无论怎样遍尝人间滋味，都必须承认，回忆是此生最值得的欣慰。什么事情身处其中时，感觉不到有多珍贵，因为"当时只道是寻常"啊！

　　时间是一把锋利的剑，它往往会切割下最完美的部分，固执地停留在你的记忆里，时时牵动你那百折千回的柔肠。有时难免会抱怨时间的残忍，记忆如此清晰，回味如此悠长，叫人怎迈得开前行的脚步？而在彷徨失意时却不得不感恩它的智慧，感谢它给我们留下那么多的温暖，知道自己曾经那么美好的生活过，而且这种美好在继续进行着，就会激起再次前行的动力。

很喜欢张文亮的诗《牵一只蜗牛去散步》：

上帝给我一个任务 叫我牵一只蜗牛去散步。
我不能走太快，
蜗牛已经尽力爬，为何每次总是那么一点点？
我催它，我唬它，我责备它，
蜗牛用抱歉的眼光看着我，
仿佛说：人家已经尽力了嘛！
我拉它，我扯它，甚至想踢它，
蜗牛受了伤，它流着汗，喘着气，往前爬……
真奇怪，为什么上帝叫我牵一只蜗牛去散步？
上帝啊！为什么？
天上一片安静。
唉！也许上帝抓蜗牛去了！
好吧！松手了！
反正上帝不管了，我还管什么？
让蜗牛往前爬，我在后面生闷气。
咦？我闻到花香，原来这边还有个花园，
我感到微风，原来夜里的微风这么温柔。
慢着！我听到鸟叫，
我听到虫鸣。
我看到满天的星斗多亮丽！
咦？我以前怎么没有这般细腻的体会？
我忽然想起来了，

莫非我错了？

是上帝叫一只蜗牛牵我去散步。

　　做教育工作的我们就像牵着一群蜗牛在散步。在和孩子们一起走过他们的青春岁月时，虽然偶有生气和沮丧，更多时候孩子们用率真的眼光、独特的视角在不知不觉中向我们展示了生命中最美好的一面，这是我们该感谢他们的地方。如今，我像陪着小蜗牛散步，时时提醒自己放慢脚步，陪着孩子们静静体味生活的滋味，倾听孩子们内心声音在俗世的回响。因为他们，我渐渐地像秋天午后的阳光，剥离了春天的青涩，夏天的燥热，以及冬天的寒酷，开始散发温暖和安静的力量。这其中成就的，何止是孩子？是孩子们让我变得柔软，让我懂得与生活握手言和。受益更多的是我，心怀感激的更应该是我啊！

　　其实，生活像一面镜子，你笑它也笑；你哭它也哭。我们才是生活的主人，只是看我们如何理解而已。谁说过，"受约束的是生命，不受约束的是心情。"我们还是踏踏实实享受今天的每一刻，把回味的日子放在以后吧，因为那段时间会很久很漫长。

隋维霞
2019 年 1 月 6 日